お忍び陛下の専属侍女

宇佐川ゆかり

Illustration
あしか望

JN267077

この作品はフィクションです。
実在の人物・団体・事件などに
一切関係ありません。

Contents

ハロルド
ギルベルトの側近。
ヨハネス
公爵家の長男。
皇女の元婚約者。
アドルフィーネ
ギルベルトの妹。皇女。

ギルベルト
エールバッハ帝国皇帝。
侍従の名を借りて
街を視察している。
リーゼ
下級貴族出身。
皇女の侍女として
働いていた。
登場人物紹介
お忍び陛下の専属侍女

プロローグ

城の裏門から出て、リーゼは首を傾げた。同僚の侍女が地図を描いて持たせてくれたのだが、非常にわかりにくい。

「えっと、この道をまっすぐに……？」

地図と周囲の景色を必死に見比べながら、リーゼは歩き始めた。今日は天気がいいからか、街の中心に向かっている人がやけに多いような気がする。

「……あっ！」

不意に横から来た人にぶつかられて、声を上げる。地図に気を取られていたから、注意力が散漫《さんまん》になっていた。

「……ご、ごめんなさい！」

「いや、こっちこそごめんよ」

リーゼにぶつかってきたのは、中年の男だった。互いにぶつかってしまったことに対する詫《わ》びの言葉を口にし、急ぎ足に彼が行くのを見送って、リーゼは再び地図に視線を落とす。

「おい」

「……はい？」

今度は後ろから声をかけられる。くるりと振り返ると、今度は若い男が立っていた。

「財布は無事か？」

「え？」

「財布！　今の男、スリじゃないのか？」

慌てて肩から提《さ》げた鞄《かばん》に手をやれば、中にあったはずの財布が消え失せている。

「嘘っ！　……ないわ！」

「やっぱり！」

「あの……待って！」

リーゼが止めるまもなく、青年はものすごい勢いで駆けだしていった。どこへ行ったのかはわからないけれど、リーゼもとりあえず走り出す。彼の後を追えばいいはずだ。

あっという間に青年を見失ってしまったけれど、人々の騒ぐ声で見つけ出すことができた。

リーゼが追いついた時には、男二人のとっくみあいは終了していた。

スリは地面に押し倒され、声をかけてくれた青年が背中に乗るようにして取り押さえて

いた。誰かが呼びに行ったらしく、制服を来た役人がやってきてスリに縄をかけ、連行していく準備を始める。

「この子の財布をすってるんだ。返してやってくれないか」

青年がそう言うと、役人達はすぐにスリの身体を調べはじめた。たくさんの財布が服のあちこちに付けられたポケットから出てくる。

地面に並べられた財布の中から、小さな革の財布をリーゼは指さした。

「……その財布です……そんなにたくさん入っているわけじゃないけど」

お菓子屋で、同僚に頼まれた分と自分の分のお菓子を買う以外に予定なんてなかったから、大金が入っているはずもない。

リーゼの財布だという証拠を求められたけれど、中に入っている金額とお守りを正しく言えたことで証明することができた。すぐに財布を返してもらえてほっとする。

「あの、ありがとうございました！」

リーゼは助けてくれた青年に礼をのべた。

——よく見ると、ちょっと素敵。なんて思ったのは表情に出さないようにする。

「……気をつけろ。このあたりはスリが多い。人も多いからな」

「ありがとう。私、一人で外に出るの初めてで。いつもは、友達と一緒なんだけど……」

リーゼは城で働いていて、いつもの休日なら同僚の誰かと出かけることが多い。

けれど、今日は同じ日に休日を取っている侍女全員が他に用事があって、一人で過ごすことになってしまったのだ。

最近街で評判のお菓子屋でクッキーを買って帰って、あとは部屋でのんびりするつもりだった。

行ったことのない店だからと、同僚のクラに地図を描いてもらったのだが、とてもわかりにくくて必死に地図を見ている隙に財布をすられてしまったというわけだ。

「どこに行きたいんだ？　地図、見せてみろ」

彼がリーゼの方に手を伸ばす。こんなにわかりにくい地図で、場所がわかる人がいるのだろうかと疑問を覚えながらリーゼが地図を差し出すと、彼はさっと眺めただけで戻してきた。

「わかった。連れて行ってやる」

「……いいの？」

スリになんて遭ったばかりだからもう今日は帰ろうかと思っていたけれど、一緒に行ってくれる人がいるなら心強い。

「お前、ぼやぼやしてるし一人で行かせるのは心配だからな」

なんだかひどい言われようなのだが、この際気にしないことにした。リーゼは微笑んで、自分よりだいぶ上にある彼の顔を見上げた。

「私は、リーゼ。リーゼ・フロイデンブルク……あなたは？」

「俺は……ハロルド。ハロルド・グンナー。よろしくな、リーゼ」

同じように微笑んだ彼が手を差し出す。リーゼはその手を取ると、彼に従って歩き始めた。

第一章　幸せな出会い

ハロルド、と名乗った彼は親切だった。人ごみで紛《まぎ》れないようにリーゼの手をしっかりと握ってくれる。

――ひょっとして、十五歳くらいに見られているのかも？

どうも彼の様子は年頃の女性に対するものというよりは、もう少し幼い相手に対するもののような気がする。冷静に考えれば、年頃の女性は軽々しく異性に手を預けたりしないのかもしれないけれど。

どちらかと言えば小柄、美人というよりは愛らしいという表現が似合うリーゼは、たいてい十七という実年齢より年下に見られてしまう。

エメラルドグリーンの瞳は常に好奇心一杯の輝きを放っているし、今は癖の強い金髪を結わないで下ろしているから、より幼さが強調されているという一面があるのも否定できない。

「ねえ、私のこと何歳だと思う？」

リーゼは、ハロルドの手を引いてこちらに注意を引きつけながらたずねた。首を傾げた彼は、振り返ってまじまじとリーゼの顔を見つめる。

「うーん、十五？」

「やっぱり！」

叫ぶなりリーゼは手を解いた。子供だと思っていたから、親切にしてくれたのだということがわかってしまって少々面白くない。

「……あのね、ハロルド。私……十七歳なの。次の誕生日が来たら十八よ。あなたが思っているみたいな子供じゃないわ。だから手を繋いでもらわなくても、迷子になったりしないの」

「いや、別にそういうわけじゃないぞ」

今リーゼが解いたばかりの手をもう一度握りしめてハロルドは歩き出す。

――それなら、どういうつもりなの？

問いかけることもできずに、リーゼは半歩先を行くハロルドの後を追う。

彼の方は平均的な男性より身長が高い。褐色の髪は短めに整えられている。今リーゼがいる位置からは見えないけれど、青い瞳は――たとえるならサファイアだ。澄んでいて、けれどどこか硬質な輝きを放っていて。

リーゼの視線が、繋がれている手に落ちる。彼の顔は――文句なしに整っていた。スリから財布を取り戻してもらっただけではなくて、素敵な人だと思う。

こんな時、どう振る舞うのが正解なのかわからない。

他の侍女達は城で働いている使用人同士だったり、昔からの恋人だったりと華やかな付き合いがあるみたいだけれど、あいにくとリーゼにはそんな相手はいなかった。

「お前は、どこで働いているんだ？」

こちらへ向かってきた馬車からリーゼをかばってくれながら、ハロルドがたずねた。

『お前』と呼ばれるのはちょっと気に入らないけれど、彼の低めの声もなんだかどきどきする。

「私は……お城で。あなたは？」

「ああ、やっぱり城勤めなんだ。あの場所にいたからそうじゃないかと思ってた。俺も同じ城勤めなんだ。今まで顔を合わせたことがなかったな――って、あの城じゃ無理もないか」

「私、自分の持ち場以外にはほとんど行かないし」

二人が働いているマリーエンドルフ城は、ここエールバッハ帝国を治める皇帝一家の居住している城だ。国内の権力すべてが集まるところでもあるのだが、とにかく広い。

数世紀にわたって増改築を繰り返されたために、城の全容を知っている者はいないのではないかとも言われている。過去には城内で遭難した人がいたらしく、あまりにも複雑すぎる構造を揶揄《やゆ》して『迷宮』と呼ばれることもあるくらいだ。

門番や庭の手入れをする係、厩舎係《きゅうしゃ》といった下働きの者から皇帝一家の身近で仕える者までをすべてを合わせれば千人近い使用人が働いているらしい。

リーゼが知っているのは、そのうちせいぜい数十人といったところだ。ハロルドと顔を合わせたことがなくても驚くほどのことではない。

「俺は皇帝陛下のところで従僕として働いているんだ。今日はたまたま休みで——お前は？　長いこと働いてるわけじゃなさそうだけど」

リーゼの手をとったまま、ハロルドは器用に肩をすくめてみせる。

「私は、半年前から皇女殿下のところで働いているの。侍女の一人だけど、皇女殿下とはほとんどお話したこともないわ。今いる侍女の中では一番の新米だし」

リーゼがエールバッハ帝国の中心地にあるマリーエンドルフ城で働き始めたのは、今から半年前のことだ。それまでは母の伝手《つて》である侯爵家で行儀見習いをしていた。

その頃、二年前から行われていた隣国ジースリア王国との戦争が終わり、その講和条約として皇帝の妹であるアドルフィーネ皇女とクラウス王の婚約が決まったのである。

アドルフィーネの侍女が身体を壊して退職したのもちょうどその頃のことだった。行儀見習いを終える予定だったリーゼを侯爵夫人が推薦してくれて、城に上がることになったのである。

「行儀見習いの延長になってしまったけど、皇女殿下が嫁ぐまでの期間限定だし……お城で働いていたって言ったら、お嫁に行く時、箔《はく》がつくからって言われてお引き受けしたの。お城で働くのって楽しそうだったし」

今のところ決まった相手がいるわけではないが、城での勤めを終えて実家に戻った後には両親が決めてくれるだろう。

その前に誰か素敵な人に出会えればいいけれど。たとえば——同じお城で働いている人とか。

「……そっか。それじゃ、この街に慣れてなくても不思議はないな」

「そうね。それに、いつもは一緒に働いている子達と一緒なんだけど、今日はみんな都合が合わなくて」

他の皆は、恋人と出かけているなんて言えるはずもない。たまの休み、一人だけ恋人がいないと言いきってしまうのもなんだかさみしいから、リーゼは曖昧《あいまい》に笑ってごまかした。

「行きたい場所があるなら、俺が連れて行ってやろうか。その——菓子屋に行く前に」

「……本当に？」

リーゼの目が丸くなる。

「……でも、きっとあなたは行ったことがあると思うし……」

連れて行ってくれるというのなら嬉しいけれど——リーゼが行きたいのは、この国でも一番の観光名所だ。ハロルドはお城で働いている期間も長そうだし、きっと何度も行ったことがあるに違いない。

「行ったことがあってもいいさ。どうせ今日は暇なんだ。一日付き合ってやる」

「それなら……エルラッハ大聖堂！」

「まさか、あそこか！」

どこでもいいと言ったくせに、ハロルドは急に嫌そうな顔になった。リーゼは頬を膨らませた。

「だって、行ったことないんだもの……あなたが行ったことがある場所でもいいって言うから……」

急きょ入ることになったリーゼと違って、同僚の侍女達は何年も城で働いている。だからエルラッハ大聖堂には何度も行っていて、リーゼに大聖堂を見学させてくれることなんて考えつきもしなかったのだ。いつでも行けると思えば、足が遠くなるものらしい。

そのかわり、休みの日には、おいしいお菓子屋に連れて行ってくれたり、安価な装飾品を扱っている店を教えてくれたりして楽しく過ごしてきたので、リーゼも不満はない。

お城での勤めを終える前に、一回くらいは大聖堂を見学してみたいと思うだけだ。

「うーん……そんなに楽しいものでもないぞ？　ただの大きな建物だからな」

「それは、あなたが何度も行ったことがあるからでしょう？　私は実物を見たこともないんだもの……。やっぱりいい、付き合わせるのも悪いし……」

それなら、最初の予定通りお菓子だけ買って帰ろう。そう決めたリーゼが、前言を撤回しようとすると、ハロルドは急にリーゼを遮《さえぎ》った。

「いや、行こう。一人で行ったら、城に帰り着けなくなるぞ？」

「本当にいいの？」

こんなに親切にしてくれるなんて、何ていい人なんだろう。なんだか彼とはいい友達になれそうな気がする……なんて言ったらおかしいだろうか。まだ、会ったばかりの人なのに。

エルラッハ大聖堂は、三百年ほど前に建てられた聖堂だ。石造りの巨大な建物で、千人以上の信徒が同時に祈りを捧げることができる。

今でも信心深い人は祈りを捧げに来るのだが、都に商売に来たついでに観光に訪れる者も多い。聖堂前の広場は、たくさんの人で溢れかえっていた。

「こんなに人がいるなんて思わなかった！」

広場を一目見るなり、リーゼは目を丸くしてしまった。

広場のあちこちには、小さなテントが出ていて、食べ物や飲み物を売りに来ている人達がいる。噴水の縁《ふち》に腰かけて買った物で昼食にしている人達がいるかと思えば、昼間のうちからビールを空《あ》けて陽気に騒いでいる人達もいる。

「だから、言っただろ？　一人で行ったら、城に帰り着けなくなるって」

「いくらなんでもそれは大げさだと思うけど」

たくさんの人が行きかっている向こう側に大聖堂が見える。優雅な弧《こ》を描く石造りのドーム。数えきれないほどの天使や花の彫刻が建物の全面を覆っている。毎日きちんと手入れされているようで、白い石は太陽の光を反射して、眩《まばゆ》いほどに輝いていた。

建物の放つ神聖な美しさに圧倒されてしまって、リーゼは言葉を失ってしまう。

「絶対、帰れなくなるって。どうする？　中に入るのか？」

「……もちろん、入るわよ。お祈りして帰らないと」

日が出ている間は、聖堂へは自由に出入りすることができる。リーゼは、財布の中から硬貨を一枚取り出して手のひらに握りしめた。

聖堂前の広場は大人数が行き来しているだけあってざわついた雰囲気だったのだが、祈りの場に入るとその空気は一変した。騒がしい広場とは扉一枚しか隔《へだ》たりはないのだと信じられないほど、しんと静まり返っている。

四列に並んだ長いベンチには、思い思いの場所に祈りを捧げている人達が座っていた。

リーゼは聖母像の前に置かれていた献金箱《けんきんばこ》に硬貨を放り込んでから、なるべく人のいない場所を選んで席に着いた。

ハロルドも同じように献金箱に硬貨を落としてから、リーゼの隣に座る。静かに祈りを捧げなければならないのに、なんだか胸がどきどきして落ち着かなくなってしまった。

ちらりと横に目をやれば、彼は静かに目を閉じて祈っているようだ。唇が動いているのは、きっと祈りの言葉を紡《つむ》いでいるからなのだろう。

彼に見とれかけて、リーゼは慌てて首を振る。自分は自分のことに集中しなければ。

――どうか、素敵な人に出会えますように！

ちょっぴりいい出会いがあればいいななんて夢見ているだけだ。女の子ばかりの職場で、出会う機会なんてあるはずもないし。

――それから、元気でお仕事できますように！

リーゼが皇女のところで働く期間はあと半年。失敗せずに、最後まで勤め上げられればそれでいい。

「よし、それじゃ行こうか」

先に立ち上がったハロルドがリーゼを促す。リーゼは静かに立ち上がると、後から来た人に席を譲って聖堂を後にした。

次にハロルドがリーゼを連れて行ったのは市場《いちば》だった。通りの両側にずらりとさまざまな商品を扱う店が並んでいる。

「……このパン、ずいぶん高くないか？」

　パン屋の店先で丸いパンを指さしながら彼はたずねる。

「そんなことないって。戦争終わってもう半年だろ？　品物だって先月に比べりゃずいぶん入ってくるようになったんだ。うちは先月より安くなったくらいさ。適正な値段だよ、適正な」

「本当に？　あっちの角の店じゃもう少し安かったんだけどな」

　ハロルドは身振りで角に店を出しているパン屋の方を指す。パン屋の主は身体をハロルドの方に寄せると、声をひそめた。

「あっちはだめだって！　そりゃ安いかもしれないが、屑《くず》小麦を使ってる上に混ぜ物が多い。うちとは品質が違うよ、品質が」

「……ふぅん、そんなもんか」

　ハロルドは、リーゼの方を振り返った。

「リーゼ、ここのパン屋でいいか？」

「え？　……ええ、いいと思う……けど」

　ハロルドは、ポケットから硬貨を取り出して支払いを済ませる。リーゼは彼がパンを受け取るのを待っていた。

　これから彼は何をするつもりなのだろう。そう思っていると、今度はオレンジを山のように積み上げた男にハロルドは声をかける。

「このオレンジ、ずいぶん色悪くないか？」

「今年はどこもそんなもんだって。しかたないだろ、天気が悪かったんだからさ。その代わり一個おまけしてやるよ。どうだ？」

「もらった！」

山盛りになったオレンジをどこからか取り出した鞄に入れて、ハロルドは得意そうな顔でリーゼを見た。

「おまけつき」

彼があまりにも得意そうな表情をするものだから、リーゼもおかしくなってしまう。整った容姿なのに、それを気にしていなそうなところが逆に好印象だ。

それからチーズを買って、ハロルドはリーゼを川辺へと連れて行ってくれる。

川岸の心地よさそうな場所を選ぶと、彼はそこに座るようリーゼに勧めた。鞄からは先ほど買った丸いパンとチーズ、それに大量のオレンジが出てくる。

「……昼食だったのね」

「食べるだろ？　空腹そうな顔してるもんな」

「……たしかにお腹は空《す》いたけど……でも」

昼食のことなんて、まったく考えていなかったからハロルドの好意はありがたい。だけど、こうやって二人で過ごしていると、いい友達になれそう――という以上の気持ちが芽生えてきそうで厄介《やっかい》だ。

ただでさえ、今日は朝からスリに遭って普通の精神状態ではないのに。

「ほら、食《く》えって」

膝の上に敷いたハンカチに、ハロルドは半分に切ったチーズとパンを置いてくれた。それからナイフで器用に切り分けたオレンジを差し出してくる。

彼にここまでしてもらうつもりはなかったのに、なんだか調子が狂ってしまう。

「ありがとう。いただきます」

瑞々《みずみず》しいオレンジを見ていたら、胃がきゅうっと音を立てた。赤面《せきめん》して、リーゼはオレンジを受け取る。

「よく、ここに来るの？」

「たまに。たいていは街中の店で食事するんだけど、今日は天気がいいから」

「そうね。今日は過ごしやすいかも」

リーゼは空を見上げる。もう少し先になれば、暑い夏がやってくるけれど、今日は暑さはそれほどではなく、時々吹き抜けていく風が冷たくて心地いい。

「もう少し下流の方に行くと、大きな橋がある。そこまで歩いて、菓子屋の方に戻ろうか。他に行きたい場所があれば、付き合ってもいい」

「ううん。もう十分……ありがとう。大聖堂に行けたから、今日はもう満足しちゃったみたい」

「そうか」

パンを齧《かじ》りながらこちらを見るハロルドの表情がやけに甘いような気がして、リーゼは視線をそらす。気のせいだ、きっと。

「さて、行くか」

食べ残しをきちんと片づけたハロルドは、当然のような顔をしてリーゼを促した。

「行くだろ？　橋まで」

「ええ」

川岸に沿って歩きながら、二人はいろいろな話をした。どんな子供だったとか、実家にいた頃はどんなことをして過ごしていたかとか。

彼の話を信用するならば、彼はリーゼと同じような下級貴族の出身で、城には親戚の伝手《つて》で上がったらしい。

その話には納得したけれど、リーゼには一つ気になることがあった。

「あなたには会ったことがないのは確実なんだけど、あなたの顔には見覚えがあるような気がするの。親戚の人が皇女殿下のところで働いていたりする？」

それを聞いてハロルドは苦笑いし、橋の手前を指さした。

「見覚えがあるのは、あれじゃないか？」

「あれって……皇帝陛下じゃない」

ハロルドが指さした場所では、絵描きが自分の絵を広げて売っていた。そこには、この国の皇帝ギルベルトの肖像画も並べられている。

リーゼは側によってまじまじと肖像画を眺めてみた。似ていると言えば似ているかもしれない。髪の色と目の色は同じだし、通った鼻筋とか顎《あご》のあたりとか――。

「……どうして？」

つい何度も肖像画とハロルドを見比べてしまった。

「家系をずっとたどっていくと、最終的に皇帝陛下と同じところにたどり着くらしい。五代だったか六代だったか」

「……遠い親戚ってことね」

たとえば年に何回かある国家行事の時などは皇帝の姿を見ることはあるけれど、それだって何千人も並んでいる後ろからで、間近で見たことなんてない。

だから、皇帝とハロルドの容姿が似ていることにすぐには気が付かなかった。

遠縁ならば、薄くとも血のつながりがあるには違いないから、似ているのも不自然ではない。肖像画が皇帝の姿を正しく伝えているならば――顔立ちだけならハロルドの方が整っているかもしれない。

「今日はどうもありがとう。道案内してくれただけではなくて、一日付き合ってくれて

――とても、楽しかったわ」

リーゼがそう口にした時には、二人は城の裏門近くまでたどり着いていた。

きっとリーゼ一人なら、菓子屋と城を往復しただけで今日の休日は終わってしまっただろう。エルラッハ大聖堂まで一人で行くだけの気力があったかどうかわからない。

「私はもう帰るけど……あなたは？」

「俺ももう戻る。明日、早いしな」

「……そう」

裏門を守っている門番に通行証を見せて、リーゼは城内へと足を踏み入れる。ハロルドも同じ手続きをして入ってきた。

なんだかこのまま別れてしまうのは、もったいないような気がする。今日一日付き合ってもらった礼も十分伝えていないような気がして、リーゼは言葉を探した。

「次の休みは、いつ？」

二人して門を入ったところでもじもじしていたけれど、先に口を開いたのはハロルドだった。

「わ、私は……十日後……だけど」

リーゼがそう言うと、ハロルドは破顔《はがん》する。

「ちょうどよかった。俺も、その日休み。また一緒に……出かけないか」

「……いいの？」

信じられなかった。彼の方から誘ってくれるなんて。

城で働いている人なら、悪い人ではないはずだ。十日後の再会を約束して、リーゼはハロルドと別れた。

◇◆　◇◆　◇◆　◇◆

クララがリーゼの買ってきた焼き菓子の入っている籠《かご》を覗き込んだ。

「ずいぶんたくさん買い込んできたのね？」

リーゼがいる侍女達の寝室は、六人で一室を使っている。

各人のベッドはカーテンが引けるようになっていて、そこを閉じれば一人きりの空間が作れるように配慮されているけれど、寝る間際までカーテンが閉じられることはほとんどない。

「……だって……どれもおいしいって言うから」

「誰が？」

リーゼに使いを頼んだクララがベッドから身を乗り出す。

「誰って……ええと……」

うっかり口を滑らせてしまって、リーゼは耳まで赤く染めた。

「ねえ、だって今日あなた一人で過ごすって。それにそんな風に赤くなるなんて、何かあったって思わない方がおかしいでしょ？」

「あの……だから……」

「え、何かあったの？」

クララが大きな声を出すものだから、同僚達もリーゼの方へと寄って来る。五対一でリーゼに勝ち目なんてあるはずなかった。

「今日、会った人で……その、お財布……」

結局、財布をすられたという間抜けな出会いから、城に戻ってくるまでの間のことまで洗いざらい白状させられてしまった。

「あら、でもいいんじゃないの？　あなた、婚約者とか恋人とかいないんでしょ」

「……今のところは」

「お城勤めなら、身元は保証されているものねぇ。悪い人のはずないわ！」

こういう話になれば、女同士で盛り上がるのは決まっている。リーゼが買ってきた焼き菓子は、あっという間に大半が消費された。

「相手は何している人って言ってたっけ？」

「あの……皇帝陛下の、何ていうか……上に何人もいて、めったに陛下にはお目にかからないみたいなんだけど……」

「あー……、それじゃ将来出世しそうもないわね！」

「将来の出世とか……まだ、今日会ったばかりなのに……」

急に手を繋がれてびっくりしたけれど、ハロルドとはどんな関係になるのかなんてまだわからない。

彼と一緒にいるのが楽しいか楽しくないかと言えば、間違いなく楽しい。だから、もう少し彼のことを知りたいとは思う。

「……出世なんて下手にしない方がいいかもよ？　ほら、ヨハネス様みたいなことになると、それはそれで……じゃない？」

クララの口から出てきたヨハネス、という名に室内はしんと静まり返ってしまった。

「……そうね。皇女殿下と結婚することになって……と思っていたら、あっという間に婚約破棄ですものね」

「……ヨハネス様って、あのヨハネス様？」

リーゼはクララの出した名を繰り返した。

皇女が隣国に嫁ぐことが決まる前、婚約していたのがヨハネス・イェルマンという公爵家の長男だったということは全国民が知っている。

身分的に釣りあいもとれていたし、年頃も合っていて、とてもいい夫婦になるだろうと国民皆が祝福していたのに――戦争が終わった時には、彼は皇女の婚約者ではなくなっていた。

「いいこと？　これは誰にも言ってはダメよ」

ひそひそと声を潜《ひそ》めてクララが言う。

「ヨハネス様って……皇女の夫ではなく、『女帝の夫』になろうとしていたのですって！」

「う、嘘でしょう……！」

大きな声を上げてしまったリーゼの口に、慌ててクララは枕を押しつける。

「大きな声を上げてはダメよ。誰かに聞かれたら困るでしょう？」

「だ、誰かって……」

そんな風に言われても困ってしまう。リーゼとクララをのぞいた他の四人だって今の話を聞いているのだから。けれど、この話を知らないのはリーゼだけのようだった。

「皇帝陛下の暗殺を企《たくら》んだのですって！」

「私は、呪い殺そうとしたって聞いたけど？」

「……ジースリア王国に帝国を売ろうとしてたんでしょ？」

皆、言いたい放題だ。リーゼは皆の話を聞きながら考え込む。

この国の皇帝、ギルベルト・コルネリウス・レオンハルトが即位したのは、今から二年前のことだ。もし、皆が言う噂が本当ならば、二十二歳という若い年齢で帝国を支えなければならなくなった皇帝の心労はどれほどのものだっただろう。

そもそも今回の戦争にしたって、若い年齢で即位した彼を侮《あなど》って隣国が国境を侵したのが始まりだと聞く。その時は、ハロルドはもう皇帝の側で働いていたのだろうか。

――私、どうかしてる……。

ハロルドとは今日初めて会ったばかりなのに。何を話していても、彼のことを思い出してしまう。

「でも、皇女殿下が嫁いでしまったら、私達も配置換えでしょう？　クララはどうするの？」

「私は、このままお城で勤めるつもり。まだ結婚は考えていないし。あなたは？」

「私は……たぶん、実家に帰ると思う」

こうやって、気楽なおしゃべりができるのもあと半年のこと。そう思えば、少ししんみりしてしまう。

「リーゼは実家に帰るのよね。皇女殿下の結婚式が終わるまでの予定だったのでしょう？」

「実家に帰って、それから後のことは両親と相談するつもり」

下っ端の衣装係で、皇女殿下と顔を合わせる機会さえほとんどなかったと言っても、「お城で侍女として働いていた」という事実には変わりない。それなりに箔《はく》がついたリーゼになら、そこそこの相手が見つかるはず。

その頃には、ハロルドとの関係はどうなっているのか——今日会ったばかりだからまだ何とも言えないけれど。

「ねえ、リーゼ」

リーゼの隣のベッドを使っている侍女がリーゼの顔を覗き込む。

「よさそうな人だったら、私達にも会わせるのよ！」

「そうそう。皆でよーく調べてあげるから。あなたにふさわしい相手かどうかってね」

「……もし、そうなったらね」

この気持ちをどう説明すればいいのかリーゼにはまだ、わからない。恋心なんてはっきりした形ではなさそうだけれど、変化しないとも言いきれなかった。

◇◆　◇◆　◇◆　◇◆

アドルフィーネ皇女は、その時の面会相手や場所によって一日に何回か着替えをする。

リーゼ達が直接アドルフィーネから指示を受けるのではなくて、指示を出すのはもっと身分の高い家から勤めに出ている貴族の娘達だ。

リーゼ達は指示されたドレスを衣装室から運びだし、脱いだドレスを抱えて戻る。そして手入れをし、手に負えないような傷《いた》みがあれば専門の職人の手に任せ、洗濯が必要な物は洗濯係に渡し……と、説明すればそれほど忙しくないように見えるのだが、実際にはかなりの仕事量だ。

何しろ皇女の着替えは最低一日四回、日によっては十回近く着替えることもある。おまけに衣装室はとても広くて、その中から指示されたドレスを見つけ出すというのもなかなか大変な作業なのだ。

リーゼがその男に声をかけられた時には、ドレスを洗濯係に渡しに行くところだった。皇女のドレスともなれば、水に放り込んでじゃばじゃばじゃば洗うというわけにもいかない。皇女専用の洗濯係がいるのだから驚かされてしまう。

「君は、皇女殿下の侍女だろう？」

「……はい、侍女と言えば侍女ですけど……」

声をかけてきた男は、二十代前半だろうか。背は高いが、どちらかと言えば細身で、男性にしては華奢にさえ見える。

黒い髪は長めに揃えられてあり、流行の服をすっきりと着こなしていて、指にはルビーの指輪が輝いていた。物憂げな黒い瞳、薄く笑みをたたえた口元——どちらかと言えば美しい容姿の持ち主なのだろうけれど、リーゼはなぜか好意的な印象を持つことができなかった。

「君が皇女殿下の侍女なら、頼みがある」

彼はポケットに手をやった。そして、取り出した手紙をリーゼに押しつけようとする。

「……これを、皇女殿下に」

「む、無理ですっ！　だめっ！」

「……なぜ？」

たぶん、彼の浮かべた微笑みは、リーゼと同じ年頃の娘なら一瞬にして魅せられただろう。けれど、リーゼは彼には警戒心しか持てなかったから、その手には乗らなかった。

「だって――そんなことしたら叱られますっ！」

だいたいここはマリーエンドルフ城の中でも皇女の生活空間という、非常に私的な場所だ。こんなところによそ者が入り込んでくるなんて、ありえない。

「だ――誰か！　誰か！　変な人がいるの――！」

変な人呼ばわりされて、彼の整った顔が歪《ゆが》む。リーゼの悲鳴に、この区域を警護している兵士達が慌てた様子で駆けつけてきた。

「ぶ、無礼な――僕は！　僕は……！」

兵士達が彼を囲むのをきっかけに、リーゼはドレスを抱えたままその場から逃走した。

リーゼとハロルドは、以前パンを齧《かじ》った川岸にいた。今日も市場で買い物をした後ここまで歩いてきて、のんびりしていたのだ。

ハロルドは市場めぐりが趣味らしく、毎回違う市場に連れていかれる。市場ごとに雰囲気が違うし、同じものを商《あきな》っているのに値段が違うのも面白いから、リーゼも市場めぐりを楽しんでいた。

相手がハロルドでなかったら退屈していたかもしれないけれど——こんな風に彼と会うのは三回目だ。リーゼは十日おきに休みがもらえることになっているけれど、彼の方はリーゼの休みに合わせてくれているらしい。

あれからずっと気にしていたけれど、皇女のところに使いに来る侍従達の中にハロルドの姿を見ることはなかった。やはり、リーゼ同様下っ端なのだろうということで納得した。

皇女への取り次ぎを頼まれた、なんていうのは単調なリーゼの生活の中では大きな事件だった。

同僚の侍女達に話したら、アドルフィーネ皇女の元の婚約者、ヨハネス・イェルマンではないかと教えてくれた。いろいろと怪しげな噂のある彼は、皇女との婚約を解消した後も、諦めきれずにいるらしい。

リーゼはそれを当然ハロルドとの話題に乗せた。

「……皇女殿下への取り次ぎ？」

「私なんて、皇女殿下のお姿を見るのがやっとなのにね。お話したこともほとんどないんだから、手紙を渡せと言われても困っちゃうわ」

リーゼは衣装を運んだついでにアドルフィーネ皇女の姿を見ることはあっても、声をかけてもらったことはほとんどない。

「そのドレスは、片づけておいて」

「今日は青いドレスにするわ」

そんな風に話しかけられたのは、皇女の元で働き始めての半年で十回あるかないか——ということころだ。

「ふーん」

興味なさそうな様子で、ハロルドは遠くに目をやる。

「ごめんなさい、面白くなかった？」

「いや。上役《うわやく》に話した方がいいんだろうな……と考えていただけだ」

「そんなに大事《おおごと》なの？」

笑い話くらいにしか考えていなかったリーゼは、目を丸くしてしまう。

「そういうわけでもないんだけどさ」

なだめるように、ハロルドはリーゼの肩に手を置く。彼の手の重みに、リーゼの胸がざわついた。

こうやって彼と過ごすのは楽しい。でも、彼の方はどう思っている？　それを直接聞くのもはばかられて、リーゼはうつむいた。

「そろそろ帰った方がよさそうだな」

ハロルドが空を見上げるのにつられて見上げると、日はだいぶ西に傾いていた。リーゼの方はまだ帰らなくていいけれど、ハロルドの方はこれから用事があるのだろうか。

「……そうね」

けれど、リーゼはハロルドに同意して立ち上がった。きっと、よけいなことは詮索《せんさく》しない方がいい。こうやって一緒に過ごしていられるだけで楽しいのだから。

川辺から通りへと戻って、城へのまっすぐな道を二人並んで歩いていく。

ハロルドはリーゼのことをどう思っているのだろうと考えながら歩いていたら、彼を見失ってしまった。都会の人混みには、まだ慣れていないみたいだ。

「……ハロルド？」

マリーエンドルフ城への道は覚えているけれど、見失ってしまったことで動揺した。足をとめて、きょろきょろと見回していると、あきれた様子で彼が戻ってくる。

「まったく、はぐれるなよ」

そう言いながら、彼は手を差し出した。わざと見失ったわけではないけれど、そうやって手を差し出してもらえるのは嬉しい。

リーゼの頬が緩んで、ハロルドの手を取る。ぎゅっと握りしめた彼の手は温かかった。

行き交う人達の間をすり抜け、向こう側に城の裏門が見えてくる。

彼との楽しい時間はこれで終わり。思わずリーゼの口からため息が落ちる。

「どうした？」

「……ううん」

もう少し、話したいなんて口にできるはずもない。

リーゼがごまかそうとすると、ハロルドが足をとめた。一瞬の困惑の後、リーゼは物陰《ものかげ》に押し込まれたのに気がついた。

彼の胸が目の前にある——とても近い位置に。

背中に回される温かい腕。しっかりと抱え込まれて、リーゼの頬が熱くなる。ゆっくりとリーゼの背中を撫でていた手が、頬に触れた。顎に手が掛かって持ち上げられる。

「ハ……ハロルド……？」

リーゼの頬が熱くなった。この状況が何を意味しているのか——わからないほど子供ではない。わななく瞼《まぶた》がそっと伏せられる。

ぐっと背中に回された腕に力がこもったと思ったら、ハロルドの顔が近づいてくる気配がした。

……あともう少しハロルドが近づいたら、唇が触れ合ってしまう。

心臓の鼓動がいっそう速くなったような気がした。唇が震えて、頭がくらくらする。

あともう少し——もう少し、というところで、ハロルドの顔は離れていく。拍子抜けしたリーゼが、小さな声を上げると頭を撫でられた。

「……帰るか」

気まずそうになった彼が、リーゼの顔から視線をそらす。リーゼは赤くなった頬に手をあてて、下を向く。

——何があったの……？

どうして途中でやめてしまったのだろうと、彼に問いただすことなんてできるはずもない。ハロルドがリーゼを促す。それきり二人は口を開かず、裏門から入ったところで左右に別れた。

◇◆　◇◆　◇◆　◇◆

翌朝、リーゼは侍女達に与えられているお仕着せに身を包み、重い頭を抱えながら、皇女の衣装室にいた。

命じられたのは、謁見用の黄色のドレス。城に出入りできる権利を得ようと謁見《えっけん》を申し込んできた商人達の中から新しい御用商人を選ぶのだそうだ。

「……どうかしたの？」

元気のないリーゼの様子に気がついたクララがたずねる。クララもまたリーゼと同じ服装だ。

「昨日、ちょっと眠れなくて」

首を横に振って断ると、クララは意味ありげにくすくすと笑った。

昨日ハロルドと出かけたことは、同室の侍女達は皆知っている。昨夜眠れなくなるような何かが彼との間にあったと誤解され──なかったと言いきることもできないけれど。

「……ねえ、あった？」

話題を変えようと、リーゼはクララにドレスのありかをたずねた。クララは、かけられていたドレスの中から一着を取り出して、掲げてみせる。

「このドレスでしょ？　胸元にシルクのリボン。同じリボンがスカートにも──ショールは必要って言ってた？」

「今日はいらなかったと思うけど──ちょっと待って。うん、やっぱりいらないって」

リーゼの方は命令の内容を再確認した。今日はショールは必要ない。

「あとは、ドレスと同じ素材の靴ですって。私、靴探してくるわね」

靴を持って、クララと一緒に皇女の支度部屋へと運び込む。昨夜遅かったアドルフィーネ皇女はまだ寝室にいるようで、支度部屋にいるのは侍女達だけだった。

「ああ、リーゼ。あなたを探している人がいたのだけど」

皇女に仕える侍女達を束《たば》ねている侍女頭が、クララと一緒に皇女のドレスを運び込んだリーゼに声をかけてくる。

彼女は四十代の厳しい表情をした女性で、伯爵である夫ともども皇帝家に忠誠を誓っている。リーゼ達にとっては少々怖い上役だ。

「……私を、ですか？」

リーゼは首を傾《かし》げた。同僚以外城に知り合いなんていないから、自分を探している相手が誰なのかなんて見当もつかなかった。

「ええ。ハロルド……ハロルド・グンナーと言っていたわ」

「……ハロルドが？」

たしかにリーゼは、皇女のところで働いていると言っていたから、ハロルドがリーゼを探そうと思ったらこちらに連絡をするのが一番早いのだが――まさか、侍女頭に伝言を託すとは思わなかった。

「あの、私どうしたら……？」

「……午後、皇妃宮の一階にあるこの部屋に来るようにと」

「あの……す、すみません！」

場所を書いたメモを差し出され、リーゼは真っ青になった。

――ハロルドったらなんてことを！

彼女は、伯爵家の夫人――リーゼやたぶん、ハロルドよりずっと身分の高い家柄なのだ。

そんな彼女に、メモを預けるなんて。

「あの、本当に……」

「いいのよ。用事は早めにすませるようにね。次に昼食会用のドレスを用意したら、あなたはしばらく自由にしてかまわないから」

「あ、はい！　ありがとうございます！」

昨日の今日でハロルドがリーゼを呼び出すというのは、どんな用件なのだろう。昼食会用のドレスを用意しながら、気になってしかたなかった。

こういう時、何を着ていけばいいのだろう。

――外出用の服はちょっと違うわよね……？

侍女には揃いのお仕着せが与えられている。配属されている場所によって少しずつ色や形の違うそれは、濃い灰色の襟《えり》の高い簡素な一揃いで、ありていに言ってしまえば地味過ぎる。

できればハロルドに会うのに、もう少し可愛い服を着て行きたかったけれど——すぐに仕事に戻ることを考えたらこのまま行く方がよさそうだ。

鏡の前で仕事用に結った髪が乱れていないのを確認してから、リーゼは皇妃宮に急いで向かった。

皇妃宮は、先代の皇妃が暮らしていた場所だ。今の皇帝が政務に使っているのはその隣にある中央宮だから、上役に呼ばれたらすぐに戻れるようにこの場所を選んだのだろう。

「……ここでいいのかしら……？」

扉の前に立って、リーゼは侍女頭からもらったメモを見直した。大丈夫、皇妃宮一階、東から三番目の部屋。ここで間違っていない。

仕事中の彼に会うのは初めてだ。皇帝のところで働いている人用のお仕着せを来た彼の姿を思い浮かべて、口元に笑みが浮かぶ。従僕達が来ているのは、濃茶の一揃いだ。背の高いハロルドにはよく似合っているはずだ。

そっと扉を開くと、中には誰もいなかった。中にはテーブルと向かい合うようにして置かれたソファ。窓のところには、花瓶が置かれて花が生けられている。

皇女宮にも同じような部屋があるところから推測すれば、どうやらここは、皇妃に謁見を求める人達が順番を待つのに使われていた部屋のようだ。

正面からハロルドの顔を見るのは避けたかったから、リーゼは窓の側によってそこから外を眺める。政治の中心に近い場所らしく、窓の外は忙しそうに多数の人達が行ったり来たりしていた。

「――お待たせして、申し訳なかった」

「……あなたは？」

入ってきたのは、リーゼの知らない人だった。皇帝の従僕が身につけるよう定められているお仕着せに身を包んでいるということは、ハロルドの同僚なのだろうか。

「私は……ハロルド。ハロルド・グンナーと言う。リーゼ・フロイデンベルクだね？」

ハロルドの名を名乗った彼に、リーゼは混乱させられた。リーゼの知っているハロルドとは違う人だ――いや、姓も名も珍しいものではないから、同姓同名というのもありえない話ではない。

「私……てっきりあなたじゃない方のハロルドに呼ばれたものだと。私に、何か用ですか？」

おろおろしながらそう言うと、今が初対面のハロルドは苦笑した。

「あの方は、ハロルド・グンナーではないよ」

「え？」

あの方、ということは――リーゼの知っているハロルドは、今目の前にいる彼より身分が高いということなのだろうか。混乱しながらも、リーゼは相手の話を理解しようとつとめた。

「陛下は時々お忍びで街に出られていてね。その時には、私の名前をお貸ししているんだ。年も近いし――顔はあまり似ていないが、特徴だけあげれば似ていなくもないし」

陛下、という言葉に頭を殴られたような気がした。リーゼは目の前の彼と、リーゼの知っているハロルドを頭の中で比較してみる。

たしかに顔立ちはあまり似ていない。目の前の彼も優しそうな感じのいい顔立ちをしてはいるが、リーゼのハロルド――皇帝の方がずっと整った顔立ちをしている。

髪の色と目の色は二人とも同じで、同じくらいの高身長で、よく鍛えられた筋肉質な体型も似ている。

たしかに特徴をあげるならば、「年の頃二十代半ば、背が高く体格もよい褐色の髪に青い瞳の男」ということになるのだろう。意図してのことなのか、ハロルドは皇帝に髪型も似せていた。

「……では、あの……私はどうすれば……」

リーゼは足が震えるのを自覚した。頭の中で、いつか見た街の肖像画が蘇《よみがえ》る。あの時、たしかに似ていると思ったのだ――薄いけれど血のつながりがある、という彼の言葉で納得してしまった。

「君は、陛下とまた出かける約束をしているね？」

「……はい」

たしかに約束をしていた。次の休みも、その次の休みも、できるだけ合わせて一緒に出かけよう——と。

「女性連れというのはお忍びでの視察の隠れ蓑《みの》にはちょうどいいと思って、うるさくは言わなかったのだけれどね。陛下が君に戯《たわむ》れを仕掛けているのを見て——君が『ハロルド』によけいな感情を持っても困ると思ったんだ。だから、私の一存《いちぞん》で君をここに呼び出してもらった。次の休みは、出かけないでもらえるね？」

「……はい」

問いかけの形をとってはいるけれど、そこにリーゼの意志が反映されることはない。受け入れるしかないのだ。

それに皇帝の従僕ならともかく、皇帝自身となれば身分違いもいいところで、二度と会わない方がいいのもわかる。

「今後もずっと？」

「もちろんです——身分違いであるのはよくわかっていますから。よけいなことは言いません……失礼してよろしいですか？」

「いや、まだ話は終わっていない」

急ぎ足に立ち去ろうとするリーゼを、ハロルドは引き留めた。

「君にとっては不本意であるのはわかっているが、このままここに置いておくわけにはいかないんだ」

「……そう、ですか……」

冷静に考えればわかりそうなものだ。マリーエンドルフ城がいくら広いとはいえ、『ハロルド』はリーゼが皇女の衣装係と知っているのだから、見つけだすのはそう難しい話ではない。

皇帝ともあろうお方が下級貴族の娘に本気になるなんてあり得ない話だけれど、約束をすっぽかされたことにいらだちを覚えたなら——リーゼ一人を破滅に追いやることだってそれほど難しい話ではないはず。

となれば、リーゼを早々に城から追い払う方が得策であろうこともわかる。そのための提案をハロルドがしようとしているのだとリーゼは思った。

「そんな顔をしないで欲しい。私だって、君に不利益を押しつけたいわけではないのだから」

穏やかな笑みを浮かべてはいるが、目の前にいるハロルドはリーゼにとっては疎《うと》ましい存在でしかなかった。

「君は独身で、現在婚約が決まっている相手がいるわけでもない——そうだね？」

「それが、何か？」

両親が内々に探し始めているかもしれないけれど、結婚の話はリーゼが戻ってから進めることになっている。だからまだ婚約をしたと言える相手はいないのだ。

「今の時期に皇女殿下の侍女を減らすというのは難しい話だからね」

リーゼが皇女の元で働くようになったのは、侍女の一人が身体を壊した時期とリーゼの侯爵家における行儀見習い終了の時期が重なったからだ。特に理由もないのに人を入れ替えるというのもおかしな話ではある。

「君は健康そのものだから、城勤めが身体に合わなくて——という理由にも無理があるし。だから、君には婚約してもらう」

「……そんな」

それはあまりにも横暴《おうぼう》だ。たしかに両親が決めた相手に嫁ぐのだろうと思っていたし、それを受け入れるつもりはある。けれど、それは両親がリーゼを大切にしてくれる相手を、そしてリーゼも相手を大切にできるであろう人に決めてくれるだろうという強い信頼があっての話だ。

目の前の男に適当な相手をあてがってもらったからと言って、ありがたく受け入れる気にはなれない。

「本当に婚約者をあてがうつもりはないよ。君が望むなら世話をしてもいいが……万が一ってておけばいい」

……陛下にたずねられるようなことがあれば、『婚約が決まったから行けなかった』と言

「……そう、ですね……」

他になんて言えばいいかわからなかった。たしかにその言い訳なら、他の男性と出歩くのを控《ひか》える理由にはなる。

――大丈夫。『ハロルド』に恋をしたわけじゃない……ただ、ちょっといいなって思っただけ。

深呼吸を繰り返し、必死に自分に言い聞かせる。そのリーゼの手にハロルドが革の袋を握らせた。

ずしりとした重量は、中に相当の金額が入っていることを予想させた。リーゼは勢いよくその袋をハロルドへと突き返す。

「……必要ありません。誰にもしゃべりませんから」

最後の誇《ほこ》りをかき集めてリーゼはハロルドをまっすぐに見つめた。金銭なんかもらわなくたって、よけいなことをしゃべったりなんてしない。

「失礼します！」

それ以上ハロルドに口を開かせる隙を与えず、リーゼはその部屋を立ち去った。

第二章　夜の庭園にて

本物のハロルド・グンナーに言ったように、リーゼは「ハロルド」との約束の日、待ち合わせ場所には行かなかった。

身分の釣り合う相手だと思えば、気軽に出かけたり、ひょっとしたらその先も——なんて期待したりもできたけれど、相手が皇帝ではそんなこと望めるはずもない。

——大丈夫。恋なんてしていない。ちょっといいなって思っただけだから。

そう言い聞かせる度にリーゼの胸はちくちくとするけれど、それほど遠くないうちに忘れることができるだろう、きっと。

皇帝はハロルドとして語っていた時『下っ端』のような言い方をしていたけれど、実際には皇帝から信頼されていて、かなりの権力を持っているのだと思う。お忍びで城下を出歩いていることを知らされている人間がそうたくさんいるとも思えない。

「ねえ、最近元気ないんじゃないの？」

「ううん。そんなことない……大丈夫、ありがとう」

クララがたずねてくるのに、リーゼは笑みを作って答える。元気がないと言うよりは怯えているのだ。

皇帝はリーゼが皇女のところの侍女だと知っているから、探そうと思えば探せるはずだ。お咎《とが》めがあるのではないかとびくびくしているのだけれど、今のところ何もない。

「婚約が決まったから」という言い訳で納得してくれればいいけれど——いや、そこまで皇帝がリーゼにこだわる理由もないのだから、このまま忘れてくれればいいと願っている。

首を振って自分の考えを追い払い、リーゼは自分の仕事に意識を戻す。

「大丈夫ならいいんだけど……私、このドレスを支度部屋に運んでおくわね。そっちの片づけはお願い」

今、アドルフィーネ皇女は貴族の女性達を集めて茶会を開いているのだが、それが終わったらすぐに着替えて今夜はどこかの貴族の家に出かけることになっている。晩餐会用のドレスを抱えてクララは立ち上がった。

リーゼが手にしているのは、今日朝の謁見で身につけたドレスだ。ブラシをかけて吊るしておけばいい。

他の侍女達は、茶会の下働きにかり出されていて、残っているのはリーゼだけだった。

リーゼはドレスにブラシをかけながら、汚れがついていたりしないか細かく確認していく。

「誰か——誰か、いない？」

侍女頭の声がする。リーゼはブラシを置いて廊下へと出た。

「すみません、今いるのは私一人で――」

そこまで言いかけたリーゼは、慌てて頭を下げた。侍女頭と一緒に、いかにも身分が高そうな貴族の女性がいたからだ。

四十代、というところだろうか。濡れたように輝く瞳、赤く彩られた唇、白い肌は張りを失わず、豊かな曲線を描いている身体を、緑を基調としたドレスが包んでいる。

妖艶《ようえん》、という言葉が似合う美貌の女性だった。きっと若い頃には宮廷中の男性の目が彼女に引きつけられただろう。

「……こちらはヴェストファーレン伯爵夫人。隣のお部屋にお通しするから、何かお着替えをお持ちして」

「ごめんなさいね。お茶を零してしまったの。皇女殿下の前で、とんだ粗相《そそう》をしてしまったわ」

リーゼにそう言う声は、貴族らしい外見とは裏腹にどこにも貴族らしい高慢さと言ったものは感じられなかった。どちらかと言えば気さくな性質のようで、口を開くと最初に感じた妖艶さは隠れてしまう。

ヴェストファーレン伯爵夫人、という名に聞き覚えがあるような気はしたけれど、今はそれを考えている場合ではなかった。

「かしこまりました。では、失礼してお身体に合いそうな物を探してまいります」

衣装室には、皇女以外のドレスもたくさんある。たとえば、前の皇妃が作ったはいいが、袖を通さないまま終わってしまったドレスとか。献上《けんじょう》されたが身に付ける機会がないままのドレスとか。

物によっては今の流行に合わせて仕立て直したりすることもあるらしいが、手つかずのままのドレスは、普段は奥の方にしまい込まれている。

「……青、とかかしら」

リーゼはかけられたドレスをかき分けながら考えた。あまり若々しすぎるデザインは避けた方がよさそうだ。あまりにも流行遅れのデザインのものも。

そうやって選んでいくと、必然的に数は絞られていって、最終的に選んだのは深い青のドレスと、緑のドレスの二着になった。流行の最先端ではないが、遅れすぎているというわけでもない。どちらもヴェストファーレン伯爵夫人の体格に合っているだろう。

二着のドレスを腕に抱え、大急ぎで指示された部屋へと向かう。

そこは普段使われていない部屋だった。伯爵夫人は優雅な姿勢で椅子に腰を下ろし、侍女頭は少し離れた場所に立っている。

「……お待たせいたしました」

やや息を切らせながらリーゼが言うと、伯爵夫人はころころと笑った。

「走ってきてくれたの？　私はそんなにせっかちではないわよ」

「……いえっ、あの」

　リーゼが答えに困ってしまっていると、伯爵夫人は椅子からしなやかな動作で立ち上がって、ドレスを抱えているリーゼの方へ近づいてくる。

「どちらも素敵ね——お借りするのがもったいないくらい。青い方をお借りしようかしら」

　どう返したらいいのかわからず、リーゼはドレスを抱えたまま何とか頭を下げた。

「お着替えをお手伝いいたしましょう。リーゼ、あなたは伯爵夫人のドレスをいつものように手入れしてちょうだい」

　侍女頭が口にしたリーゼ、という名に伯爵夫人は唇に笑みを浮かべてリーゼの方へ振り返った。

「あなた、リーゼというの？」

「は、はい……リーゼ、リーゼ・フロイデンブルクと申します」

「……そう」

　優しい笑みを浮かべている伯爵夫人が何を考えているのか、リーゼにはわからない。できるのはただ、頭を下げることだけだ。

「あなたも手伝ってくれるの？」

　そう首をわずかに傾げた伯爵夫人に言われたら、断ることなんてできるはずもなかった。

退室を命じようとしていた侍女頭も、その命令を途中でとめてしまう。

「かしこまりました」

お茶で濡れてしまったドレスを伯爵夫人が脱ぐのに手を貸し、侍女頭と一緒になって青いドレスを着せつける。リーゼの見立てたとおり、ドレスは伯爵夫人の身体に合っていた。少々腰回りが緩そうに見えなくもないが、許容範囲内だ。

「では、こちらのドレスは後日お屋敷にお届けするように手配いたします」

伯爵夫人が脱いだドレスを抱えてリーゼが退出しようとすると、伯爵夫人はリーゼを呼び止めた。

「ええと、リーゼ、だったわね。ありがとう。あなたの選んでくれたドレス、ぴったりだわ」

「あ、は、はいっ！　……ありがとうございます」

伯爵夫人のドレスを手に、リーゼはもう一度深々と頭を下げて退出した。濡れたドレスと一緒に抱えるわけにはいかないから、緑のドレスは後で引き取りに行けばいい。

歩きながらリーゼは、伯爵夫人のことを考えていた。貴族達のことにはうといリーゼが名に聞き覚えがあったのも、噂になることが多い女性だからだった。

たしか、伯爵夫人は名をエリザベートと言ったはずだ。元は、貴族ではなく平民だったと聞いている。

今でも人の目を惹きつけるのだが、若い頃の伯爵夫人はそれはもう絶世の美女という言葉がぴったりの美貌を誇っていたらしい。若い頃、大貴族の息子と派手な恋愛騒動をおこしたというが、結局その恋は実らなかったという。

現在の皇帝の父——前皇帝——も、二人の恋に反対した一人だったとか。もっとも、これには前皇帝も伯爵夫人——当時はただのエリザベート——に惹かれていたからだというおまけの話がついていたりする。

その後、彼女の美貌に惚れ込んだとある子爵が彼女を妻に迎えた——貴族と平民という身分の差を乗り越えて。

その夫は結婚後数年のうちに亡くなり、喪《も》が明けるのと同時にヴェストファーレン伯爵の元に後妻として嫁いだ。

あまりにも手際《てぎわ》よく物事が進んだものだから、当時は最初の夫と結婚していた頃から関係があったのではないかという噂がたったらしい。このあたりのことは、リーゼがまだ幼い頃の出来事だから、城で働くようになってから同僚達に聞かされたことだ。

そして、ヴェストファーレン伯爵が亡くなったのは今から数年前のこと。

爵位は伯爵の息子が成人後に継ぐことになっているが、遺言により成人するまでの間は伯爵夫人を名乗り続けることを許されているという。

「……考えてみればお気の毒な方なのかもしれないわね」

皇女の洗濯係がいる場所を目指しながら、リーゼは息をついた。

元は平民。

宮中すべての男性を惹きつける美貌。伯爵夫人が受けるやっかみは相当のものだろう。

リーゼとは無縁のやっかみだが。

顔を合わせれば愛想よくするのだろうが、城に上がることのできる身分を持つ女性達が心から伯爵夫人を受け入れているはずもないだろう。

――さすがにわざとお茶を零したとまでは考えられないけれど。

けれど、リーゼにとって伯爵夫人との出会いは記憶にとどめておくほどのことでもなく、数時間後には完全に忘れ去っていた。

◇◆　◇◆　◇◆　◇◆

皇女の衣装部屋には膨大な衣装がかけられているのだが、どの衣装を命じられてもすぐに着ることができるように手入れを怠《おこた》ってはならない。その手入れをするのは当然リーゼ達衣装係の仕事だ。

リーゼは、同室の侍女達と衣装部屋の隣に設けられている作業部屋にいた。

「ねえ、緑の糸知らない？」

今、リーゼの手元にあるのは皇女のドレスではない。二日前に、ヴェストファーレン伯爵夫人がお茶を零してしまったドレスだ。

洗濯係から戻ってきたそれを、伯爵夫人の屋敷へ届ける前に確認したらボタンが取れかかっていた。侍女頭にボタンをつけ直してから返すように命令されたので、皇女のドレスを手入れする部屋に持ち込んできたというわけである。

「これ？　それとももっと濃い緑？」

「ありがとう。その色でよさそう」

一口に緑色と言っても、淡い色から濃い色まで二十種類以上ある。リーゼは、受け取った糸とボタンを留めている糸を慎重に見比べた。同じ色だ。問題ない。

鋏《はさみ》を手に、取れかかっているボタンの糸を切り取る。慣れた手つきでボタンを縫い付け、仕上がりを確認していると不意に窓の外が騒がしくなった。

「何かあったのかしら――大変！」

一番窓の近くにいたリーゼが立ち上がって、窓から外の様子を確認し、悲鳴を上げた。

リーゼの悲鳴も当然だった。木の板に乗せて運ばれてきたのは、乗馬に出かけていたアドルフィーネ皇女だったのだから。

リーゼの悲鳴に他の侍女達もわらわらと集まって、窓に張り付くようにして様子を確認する。

「大変！　早く行かなくちゃ！」

　ドレスを放り出した一人が、慌てて駆け出そうとする。

「待ちなさいよ」

　そんな彼女を止めたのはクララだった。

「私達が今行ってもしかたないでしょう？　皇女殿下のお世話は他の人達がするんだから。それより、寝間着が必要になるだろうし、きっと今のお召し物も片付けないといけないだろうし……寝間着を持ってリーゼと私で行くわ」

「……私？」

　意外な指名にリーゼの目が丸くなった。

「あら、だってあなたボタンをつけ終わったところじゃない。ちょうどいいでしょ？」

　当然、といった口調でクララは言う。冷静に部屋の中を見回してみれば、たしかに他の人達は作業の区切りがちょうどいいとは言えなそうなところだった。

「あ、ほら。ベルが鳴ってる！」

　侍女頭がリーゼ達を呼ぶ時に使っているベルが鳴っている。リーゼはクララと一緒になって、転がるようにして作業室を出た。

　皇女の寝室は大騒ぎだった――リーゼのいる場所からうかがえる範囲では、ということだが。

リーゼ達は皇女の寝室に立ち入りを許される身分ではないから、命じられた品を支度部屋まで届けるだけだ。それでも、侍医《じい》が呼ばれたり薬が運び込まれたりと大騒ぎなのはよくわかった。

「……乗馬服を片付けてくれるかしら」

皇女は着替えてベッドに横になったのだろう。寝室から出てきた侍女が手にしていたのは乗馬服だった。

「洗って、衣装室に戻しておくように。皇女殿下のご命令よ」

「かしこまりました」

リーゼより先輩のクララは、恭《うやうや》しくそれを受け取る。寝室に侍女が戻るのを待ちかねていたように、クララはリーゼに乗馬服を押しつけた。

「はい、これ。洗濯係に渡しておいて」

「……私が?」

「あら、だってそのために来てもらったんだもの」

クララはまるで悪びれた様子などなかった。そういうことなのかと、リーゼは内心で苦笑する。

今の今まで気が付かないというのも、リーゼがぼうっとしていたからなのだろう。洗濯場まで行くのは遠いから面倒なのだ。クララがリーゼを連れてきたのは、一番新参者《しんざんもの》のリーゼなら洗濯場に行くよう頼みやすいから、という理由らしい。

「いいわ。持っていく。この間もヴェストファーレン伯爵夫人のドレスを届けたばかりだけど！」

洗濯場まで往復するのは正直面倒なのだが――これも仕事だ。受け取った乗馬服をその場で改めてみるが、土で少々汚れているだけで、問題なさそうだった。

洗濯場へ向かおうと角を曲がったところで、向こうから人がやってくるのに気が付いた。

――皇帝陛下！

心の中で叫んだリーゼは、どうしようかときょろきょろと見回した。まさか戻るわけにもいかないし――皇帝の存在に気が付いていないふりで、手近な扉を開けて中に飛び込む。

あわただしく室内の様子を確認すれば、そこは普段は使われていない続きの間だった。皇女の招いた客人が宿泊したりするのに使われる部屋なのだが、この半年は誰も泊まっていない。

「……えっと」

リーゼは頭の中で素早く間取り図を思い浮かべた。この部屋の隣にある部屋からは、皇帝が歩いてくる廊下とは別の廊下に出られるはずだ。このままそちらから出て行けばいい。そうすれば顔を合わせなくてすむ。

幸いにも、隣の部屋へと通じる扉には鍵がかかっていなかった。リーゼは静かに隣の部屋へと滑り込む。しばらく使われた様子のないベッドを横目で眺め、廊下に通じる扉に手をかけた。

そこでリーゼは動きを止めてしまう。

——どうして、ここがちくちくするのかしら。

リーゼの手が胸元へと伸びる。なんだか心臓のあたりが痛い。会わなければ忘れられると思っていたのに——。

口元が自嘲《じちょう》の形に歪《ゆが》んだ。馬鹿なことを考えるのではない、と自分を叱りつける。ただのハロルドならともかく、相手は皇帝。彼にとってリーゼに戯《たわむ》れをしかけたのなんてたいした意味はないだろう。むしろ、手玉に取りやす過ぎて呆れられていたかもしれない。

——好きになったわけじゃない。ほんの少し、好きになりかけていただけ。それだけだから……ここが痛いのも気のせい。

今までも繰り返してきた言葉を、今も自分に言い聞かせる。それからそっと扉を開いてみると、リーゼの目論見《もくろみ》通り廊下には誰もいなかった。

扉を閉めて、リーゼは何事もなかったかのように歩き始めたのだった。

◇◆　◇◆　◇◆　◇◆

幸《さいわ》いにも、皇女の怪我はたいしたことはなく、数日の間は打ちつけた腰が痛いと言っていたが、それだけですんだ。

乗っていた愛馬が不意に暴れ出し、地面に振り落とされてしまったのだが、落ちた時に上手く衝撃を和《やわ》らげることができたようだ。

「今日は舞踏会ですって」

「一時期は欠席するかも……なんておっしゃってたけど、お元気になられてよかったじゃないの」

そんな風におしゃべりしながらリーゼ達は、紫に銀糸で刺繍の施されているドレスに、揃いの靴を支度部屋に用意する。

いったんは揃って侍女部屋に引き上げたのだが、侍女頭にすぐに呼び戻された。

豪華な銀糸の刺繍が入ったドレスを着たアドルフィーネ皇女は文句なしに美しかったけれど、彼女の口からは、とんでもない言葉が飛び出した。

「……今日の午後、ピンクのショールをかけていたでしょ。それを忘れてきてしまったの。なんだか雨が降りそうだし、探してきてくれない？」

いくら夏の日が長いとはいえ、もう完全に暮れている。広い城の庭園に真っ暗な中出て行かなければならないと思うとぞっとする。

「ごめんなさいね。東の庭園の四阿《あずまや》だと思うの。今夜は雨になりそうだから……できたら、見つけてきてほしいの。そこになかったら、明日でかまわないから」

皇女の口から「ごめんなさい」などと言う言葉を出させてしまうなんてとんでもない。慌ててリーゼ達は頭を下げた。

「かしこまりました！」

声を揃えて言えば、アドルフィーネはにっこりとしてから、手を振って下がるよう合図する。ショールが見つかる頃には、彼女は舞踏会で優雅にワルツを踊っていることだろう。

「……さて、誰が行く？」

皇女にああ言わせてしまったからには行かざるをえないのだけれど、誰だって真っ暗な庭園に出ていくのは嫌に決まっている。

不吉な予感を憶えて、リーゼは皆からそろそろと離れようとした。

「……リーゼ？」

「行ってくれる？」

「……でも」

弱々しいリーゼの言葉は、彼女達の耳には入っていないみたいだった。

「最近、彼のことも全然話してくれないしー」

「そうそう、隠す必要なんてないのにね？」

そう言う問題じゃない。『ハロルド』とのことは、もう完全になかったことにしてほしいのに、彼女達は忘れてくれるつもりはないらしい。

けれど、ここ何日かの間リーゼの口から彼の名が出ることはなかったし、休みの日だって皆の誘いも断って部屋に閉じこもっていた。できればそれで察してほしいというのは虫がよすぎるのだろうか。

「……だから、それは……」

「彼とのこと、話してくれるなら……一緒に行ってもいいけど」

「……ううん。いい。一人で行ってくる」

最初からハロルドなんて人はいなかったと、口にできたらどれだけ楽になれるだろう。

リーゼが好きになりかけていたのは、どこにも存在しない人。

皇帝が、忍び歩きのために作り出した仮の姿。きっと向こうはもうリーゼのことなんて忘れているだろう――数度一緒に街歩きをしただけの相手だ。今まで何の咎《とが》めもないのがその証《あかし》。

「……本当に？」

自分で言い出しておいて、心配そうにクララがリーゼの顔を覗き込む。

「うん。あのね……」

リーゼは大きく息をついてから、一息に言った。

「彼、私のことなんて何とも思ってなかったの。だから……だから、もう会うのはやめようと思って。東の庭園の四阿《あずまや》でしょ？　すぐに行ってくる」

ランプを手に、リーゼはさっさと庭園へと出た。

暗闇の中、一際《ひときわ》明るいのは舞踏会が開かれている中央宮だ。主が留守にしている皇女宮は、必要最低限の場所だけに明かりがともされている。

リーゼは自分の行く手を見て、ぶるりと身体を震わせた。庭園に明かりなど用意されていないから、頼りにできるのは空の月と手にしたランプだけ。

幸い庭園には散歩用の小道が張り巡らされているから、足元が悪くてつまずくということはないはずだ。

だけど、人の気配がない暗い場所は、とても怖い。走り出したいのをこらえて、急ぎ足に庭園を歩く。

「……あった！」

目指す四阿に飛び込むと、そこにはベンチとテーブルが設《しつら》えられていた。そのベンチに、薄絹のショールが無造作《むぞうさ》に投げ出されている。

「……変ね」

ショールを手にしたリーゼは、首を傾げた。皇女はたいてい侍女を何人も連れ歩いている。皇女がショールを忘れたなら、誰か気がつくだろうに。

皇女とてたまには一人になりたいこともあるはずで、今日は一人で四阿にいたのかもしれないけれど。

リーゼは手にしたショールを丁寧に畳むと、それを手に宮の方へと戻り始めた。

「……あら？」

迷った、と気が付くのにそれほど長い時間はかからなかった。いや、東の庭園まではよかったのだ。どうやら、暗い中で宮への目印を見落としてしまったらしい。

ついてない。昼間ならきょろきょろ見回せばすぐに目印を見つけ出すことができただろうし、多少遠回りになってもどこかの宮にたどり着けば、そこから皇女宮まで帰ることは可能だ。

「……もうっ！」

自分自身に毒づいてみるが、迷ってしまったものはしかたない。こういう時はじたばたせずに、落ち着いて考えること。

そう言い聞かせてみても、怖いものは怖い。

――朝までここに立っているわけにもいかないし。

リーゼは自分が歩いてきた方を振り返った。今来た道を戻っていけば、四阿にたどり着くはず。そこで考え直そう。

そう決めて、四阿《あずまや》の方に戻り始めたはずだったのだけど。

「……何で？」

今日は本当についてない。ちゃんと四阿を目指していたはずなのに、気がつけば全然違うところに出てしまっていた。

暗いところは怖いし、情けないと思うけれど、泣き出してしまいそうだ。

皆の知っている『ハロルド』とのことを聞かれたくなくて意地を張ってしまったけれど、誰かと一緒に来ればよかった。

「落ちついて……落ち着くの……えっと、ああ……よかった」

少し離れた場所に、馬の形に刈り込まれた灌木《かんぼく》を発見する。ということは、中央宮の方に来てしまったということで、思いきり方向を間違えていることになる。

でも、この灌木があるということは、中央宮——皇女宮からはかなり遠い——にはとりあえずたどり着くということだ。

そこから先のことは、わかる場所にたどり着いてからにしよう。

身を翻《ひるがえ》したところで、男女二人連れにぶつかりそうになってしまう。

「……あっ、申し訳……」

「気をつけたまえ！」

そう言う男の声には酔いの色が滲《にじ》んでいた。

舞踏会の招待客が、涼《りょう》を求めて屋外へと出てきた――親しげに寄り添っているところを見れば、他の目的もありそうだがそこはリーゼの関知すべきところではない。

「はいっ。し、失礼いたしました……」

彼らにとっては、リーゼなんてそのあたりに置かれている置物と何ら変わりがない。リーゼの目なんて気にもせずに人のいない方へ、人のいない方へと入っていく。

それを見送ったリーゼだったけれど、他にも小道に出てきた人達がいるのに気がついて道を外れた。馬の灌木を見つけることができたから、中央宮にたどり着くことはできるだろう。遠回りになっても、そこから皇女宮を目指すしかなさそうだ。

昼間庭園に出た時の記憶を掘り起こしながら、リーゼは中央宮の明かりをめざし、ゆっくりと暗闇の中を進む。手にしたランプがゆらゆらと揺れて、心もとない光をまき散らした。月の光も、リーゼの行く手を照らしてくれるには十分ではない。

けれど酔った舞踏会の招待客達とまたぶつかるよりははるかに気が楽だ。身分の高い相手を怒らせたら、やっかいなことになるのは目に見えている。

他の人達にすれ違わないよう気を使いながら歩いていくと、誰かが話している声が聞こえてきた。立ち止まって、記憶の中から今どのあたりにいるのかを探り出そうとする。

自信はないけれど、たぶん、この先は池が作られている場所のはずだ。池のほとりにはリーゼがショールを探しに行ったのとは別の四阿がある。

——ということは、ここで会っている人達がいるってことね。

真摯な恋心なのか、それとも一夜の浮かれ恋か。人の恋路には興味がないから、リーゼは急ぎ足に立ち去ろうとする。

「……アドルフィーネ皇女」

けれど、足をとめたのは耳に飛び込んできたのがリーゼの仕える主の名だったからだ。まさか、こんな場所で皇女の名を聞くとは思わなかった。

とはいえ、人の話を盗み聞くのは趣味ではないから、リーゼはそっとその場を立ち去ろうとする。

「早く手を打たないと、皇女がジースリアに嫁いでしまう」

……人の話を盗み聞くのは行儀《ぎょうぎ》が悪いとわかっている。けれど、リーゼの足はそこで止まってしまった。

「……やはり、殺すしかないのだろうか」

今、話しているのは男性だ。

低くてよく響く——うまく説明できないのだが、独特の艶《つや》を持った声には吸い込まれてしまいそうな雰囲気がある。色気がある、というのが一番近いのだろうか。

「でも、うまくやらなくてはだめよ。つい先日、事故があったばかりじゃないの」

そう言ったのは女の声だ。それほど若くはない——三十代、いや四十代だろうか。けれど、声だけではそれ以上のことはわからない。

「事故……本当にそうかな？」

くっくっと最初に話していた男が喉の奥で笑う。

「本当に事故じゃなくても驚かないさ——それより、我々の計画を——」

男の声が急に低くなる。

どうすればいいのだろう。迷っている暇なんてなかった。リーゼは意を決してそろそろと足を踏み出した。声の方へと近づいていく。

「婚儀の前には——」

「しかし、どうやって近づくか——あいつなら——」

ランプを持った手が震えた。今、自分が耳にしているのは皇女に害をなそうという計画だ。間違いない。

恐る恐る、リーゼはもう一歩踏み出す。計画についてもう少し聞き出すか——どうにかして、二人の顔を見ることができれば、何かの役に立つかもしれない。

「……毒」

くすり、と笑いながら女の声が物騒《ぶっそう》な言葉を口にした。その声音には、まがまがしいほどの冷酷さが漂っている。リーゼの背がぞくりとした。

この二人——少なくとも、女の方は本気だ。何か、皇女に恨みを持っているのは間違いない。そして、皇女を害そうとしている。

計画を聞くだけではだめだ。物陰からどうにかして、二人の顔を確認しなければ。恐怖心を完全に忘れ去り、無鉄砲な責任感に押されるようにして、リーゼはもう一歩踏み出した。

ぽきり、と意外なほどに大きな音がして、足の下で枯れ枝が折れる。

「誰だ！」

男の激しい誰何《すいか》の声に、リーゼは完全に震えあがった。

「捕まえて！　話を聞いていたわ！」

女が男に叫ぶのと同時に、リーゼは身を翻す。誰か、誰か人のいるところへ——まさか見つかるなんて考えてもいなかった。

どうしたらいい？　一番いいのは、他の人がいるところにたどり着くこと。いくらなんでも人前ではリーゼを害することなんてできないだろう。

「待て！」

立ち聞きしていた時には魅力的に思えていた男の声も、こうなれば恐怖の対象でしかない。手にしていたランプが激しく揺れ、火が消えた。足元が見えなくなって、足がもつれてしまう。

けれど、ランプを目印にしていたようで後ろの方からは、毒づく声が聞こえてきた。

「……ど、どうしよう……」

とにかく人がいる方へ――リーゼは茂《しげ》みをつっきって、暗闇の中に浮かぶ明かりの方へと急いで向かう。

酔客《すいきゃく》に会うかもしれない、なんて心配をしている余裕はなかった。とにかく人の目があるところへ――。

「きゃあっ！」

不意に腕を掴まれて、リーゼは派手に悲鳴を上げた。

「……静かに」

そう命じる声は、つい今しがたまでリーゼを追いかけていた男のものとはまるで違う。ぎゅっと抱き寄せられた感覚に、馴染《なじ》みがあるような気がした。

抱き寄せられたのは一度だけ。けれど、その感覚はあまりにもしっかりとリーゼの中に刻み込まれていて。

「……ハロ……ル……ド……？」

呆然として、リーゼはつぶやく。強引に背をそらすようにして見上げれば、そこにいるのはハロルド――違う。皇帝ギルベルトだった。

「し……失礼……い……いたしま……」

彼と正面から顔を合わせるのはまずい。二度と会わないと、ハロルド・グンナーに呼び出された日に約束したのだ。

逃げようとするけれど、建物から漏れてくるわずかな明かりでも、ギルベルトの目がまっすぐにリーゼを見つめているのがわかる。

「ご……ご無礼を……！」

彼の腕の中で身を捩《よじ》る。どうか、数回出かけた相手だと気づかれていませんように。リーゼの願いに気づいているのか、いないのか。彼の片手が顎《あご》にかけられる。

まるであの日の再現のようだ。暗い中、彼の瞳がわずかな光を反射して輝いて見える。

「……ご無礼……を……」

繰り返して、リーゼは目を閉じてしまった。唇が震えるのが、自分でもわかる。

逃げなければと頭ではわかっているのに、身体はいうことをきいてくれなかった。目を閉じていても、顔が近づいてくるのがわかる。

彼の息と、リーゼの息が混ざり合う――それだけで、甘く胸が疼く。顔をそらすことも、彼の身体に腕を突っぱねて、離れようとすることもできなかった。

身体をわずかに強張らせて、それでも静かに唇が触れ合うのを期待してしまう。

リーゼの胸は思いきりどきどきしていて、このまま心臓が口から飛び出してしまうのではないか――ありえないことなのに、そんな不安に襲われた。

顎を持ち上げていた手が、後頭部に回ったかと思ったら、ぐっと力が込められる。押し付けられた唇は、リーゼの身体から一瞬にして力を奪ってしまった。

ただ重ねられている——それだけなのに頭がくらくらとして、何も考えられなくなる。逃げる間ずっと握りしめていたランプが手から落ちて、がしゃんと音を立てたのにもリーゼは気が付いていなかった。

このキスは、いつまで続くのだろう。

……そう、あの日こんな風になることを期待していた。『ハロルド』に抱きしめられてキスされて。

甘い思いは、彼が唇を離したことによって遮《さえぎ》られる。

「なぜ、あの日来なかったんだ？」

ギルベルトの低い声にリーゼは一瞬にして現実に引き戻された。そうだ。相手は皇帝——リーゼの知っているハロルドではない。そして、彼はリーゼのことなんて忘れていなかった。

「……申し訳、ございません……陛下。あの……」

できるだけ低く頭《こうべ》を垂《た》れ、彼の怒りが通り過ぎるのを待つことしかできない。

「婚約が、決まったので……」

与えられた言い訳で、彼は納得してくれるだろうか。実際には存在しない話だけれど。

それでも、これ以上皇帝に関わるわけにはいかなかった。

「やっぱり……俺が皇帝だと知っていたか」

けれど、彼はそれ以上リーゼを責めようとはしなかった。疲れた様子で、前髪をかき上げる。

「……ハロルドあたりに何か吹きこまれたんだろう？」

「いえ、そんな……そのようなことはありません……本当に……その、家から連絡が来るまで私も婚約が決まったなんて知らなくて……」

他に何と言うことができるだろう。

ハロルドに無用な怒りが向けられるのも気の毒な気がする。ただただ頭を下げ続けるリーゼに、ギルベルトはため息をついた。

「リーゼ、俺は――」

「し、失礼します！」

無礼であるのはわかっていたけれど、リーゼは彼の手を振り払ってその場から逃げ出した。皇女のショールを握りしめたまま。

ランプを落としてしまったということに気がついたのは、支度《したく》部屋に帰り着いてからのことだった。

「ランプがないなら、不便だったでしょうに」

クララが同情したような声を上げた。

「そうね……明日探しに行かなくちゃ」

リーゼは、皇女のショールを確認する。ギルベルトとの一時《いっとき》で、少し皺《しわ》になってしまったけれど、それ以外にほつれたり破れたりしている様子はなさそうだ。

今日中にランプを探しに行くことも考えたけれど、ギルベルトとまた顔を合わせることを考えればうかつに戻るわけにもいかなかった。

そんなことより、アドルフィーネ皇女を暗殺しようという計画があるのなら――いったい誰に話せばいいのだろう。侍女頭に相談することも考えたけれど、きっと彼女もそんなことを知らされたところで困ってしまうだろう。

――となると、やっぱりハロルドさんしかいないかしら。

ハロルドなら、皇帝に近い位置にいる。彼に相談して、彼が必要と判断したならすぐに皇帝に伝えてくれるはずだ。

――明日、なるべく早いうちにハロルドさんに連絡してみよう。信じてもらえるかわからないけれど。

リーゼは指で唇をなぞってみる。そこにはまだ、ギルベルトの唇の感触がしっかりと残されていた。

◇◆　◇◆　◇◆　◇◆

皇女暗殺計画を誰に知らせればいいのかということで頭がいっぱいになっていたのだが、翌日早々に皇帝からの呼び出しがやってきた。迎えに来たハロルドが、心外そうな瞳をリーゼに向ける。

「……ごめんなさい。ハロルドさん……二度と会わないって約束したのに」

「しかたない……リーゼ・フロイデンブルクを連れてこいという陛下の命令をごまかしたのは私だからね。皇女殿下のご命令で離宮の片づけに行っていると陛下にはお伝えしておいたのだが――」

それよりも伝えなければいけないことがあるのだけれど、こんな廊下では誰が聞いているかわからない。リーゼを連れて行く場所は、他の人の目がないところに決まっているだろうから、そこまでは口を閉じておくことにする。

従僕のお仕着せを身につけたハロルドに先導されて、リーゼは廊下を歩いて行く。皇女の住まう宮をこうやって歩くのは、リーゼにとって日常茶飯事だけど、こうやって皇帝の従僕に先導されるのは初めてだった。

これから皇帝と対面させられるのかと思うと、胃のあたりが痛くなってくる。ショールを探しに行く役なんて、引き受けなければよかった。

——後悔したところで始まらないのもわかってはいるけれど。

やがてたどり着いたのは、中央宮——皇帝が政務を行うのに使っている宮——の一室だった。

正式な謁見ではなく、私的な面会のために使われるのだろう。皇帝の使う部屋としてはそれほど広くなさそうなのだが、質のよい家具で室内は整えられている。

華やかな花模様の絹で張られた豪華な猫足のソファ。磨き込まれたウォルナット製のテーブル。窓にかけられた青いカーテンが涼しげだ。

「リーゼ・フロイデンブルク」

先にソファに座って待っていたギルベルトが立ち上がった。リーゼは、震えながら無言で頭を下げる。

「ハロルド、お前は下がれ」

命じられたハロルドが、静かに下がっていくのにリーゼは思わずすがるような目を向けてしまった。ギルベルトと二人にされるのは怖かったが、ハロルドはリーゼの目には気づかない様子で出て行ってしまう。

「リーゼ」

ギルベルトの声が、リーゼの不安をかき立てる。

「昨日は大変だったみたいだな」

「とんでもありません、陛下」

声がみっともなく震えているのが、自分でもわかる。リーゼは唇を噛んだ。

「ハロルドから聞いた。あいつが俺の正体をばらしたんだろう？　まったく、よけいなことをしてくれる……あの時、追い払っておけばよかった」

あの時、とは最後に二人で出かけた時のことだろう。あの日までは、とても楽しいと思っていたのに。

「当然のことと……そう、思います……」

ギルベルトはリーゼの返事に不満そうな顔になった。

豪奢な衣服に身を包んでいるのを見た時は別人のように見えていたけれど、そうするとリーゼがよく知っている表情になる。

「言っておくけどな、俺は別に不真面目《ふまじめ》な気持ちで誘っていたわけじゃないぞ。リーゼだから、一緒に出かけたかったんだ。視察に付き合わせたのは――悪かった、と思うが」

「いいえ」

リーゼは首を横に振る。相手が軽い気持ちで口にしていたのだとしても、「リーゼだから」の一言で十分だった。

淡い気持ちなんて、離れてしまえばすぐに忘れてしまえるだろう――まだ『恋』にはなっていないから大丈夫。

「私……とても楽しくて。陛下が誘ってくださらなかったら、きっとあんなにあちこち行かなかったと……」

否定したって始まらない。『ハロルド』と過ごすのは楽しかった。胸がどきどきして、川辺の風が心地よく感じられて。

その思いを振り払うようにリーゼが『陛下』と呼ぶと、ギルベルトは不意に話題を変えた。

「お前はアドルフィーネの侍女だったよな。何で、あの時あんな場所にいたんだ？」

「……あの、ショールを探しに……」

皇女の忘れ物を探しに行ったのだと言えば、ギルベルトは眉間《みけん》に皺を寄せる。

「でも、それだけじゃないだろ？　なんだか追われていたらしいじゃないか」

なぜ、そのことをギルベルトが知っているのかわからなくて、リーゼは戸惑ってしまう。

「ハロルド……あいつ、いつでも俺の側にいるからな。お前の後ろから誰か追いかけてくるのに気がついたそうだ――ハロルドの姿を見るなり、逃げ出してしまったから、相手が誰かまではわからなかったらしいが」

また、ハロルドの名前が出てくる。彼はとことん皇帝に付き合わされているらしい。それが彼の仕事だとわかっていても、一瞬同情しかけてしまった。

ギルベルトが手を伸ばして、リーゼを抱き寄せる。こんな風にされるのはよくないことなのにと思いながらも、リーゼは身を解《ほど》くことはできなかった。

「……私」

抱きしめられた腕の感覚が、リーゼを安心させてくれる。このまま、身をゆだねてしまえればいいと思うけれど——そうできないのもわかっている。

早く伝えなければならないことだけを伝えて、そして彼の前から姿を消さなければ。怪《あや》しい男に追われていたのは事実だし、聞いたことを誰かに告げなければならないのだとしたら、今目の前にいる相手以外考えられない。

「……庭園で、皇女殿下を暗殺しようという企《たくら》みを聞いてしまって……」

「アドルフィーネを？」

「でも、どこまで確実な話なのか——私も確実ではないんです。相手の顔を見ていないですし」

もっと情報を出せればいいのに。リーゼはそう願うけれど、リーゼが聞くことのできた情報なんてたいしたものではない。

「たしかに、アドルフィーネの婚約にはいい顔をしない者も多いからな。まさか、暗殺計画が立てられるほどとは思っていなかったが——」

ギルベルトは、考え込む表情になった。

「……もっと、詳しく話を聞けていたらよかったんですけど」

「いや……無茶はしなくていい。お前に何もなくてよかった」

ギルベルトは、そっとリーゼの髪を撫でる。その感覚が心地よくて、リーゼはうっとりと身を任せた。

「……あ、でも」

不意にリーゼの頭の中を昨日聞いた声が蘇った。

「声を聞けばわかるかもしれません。何というか——とても特徴的な声で」

そうは言ったものの、その声をどう説明したらいいのかという点になると困ってしまう。

「とても……その、魅力的な……男性の声……だったんですけど……」

「魅力的な声、と言われてもな」

ギルベルトの方も、そんなことを言われて困ってしまったようだった。声を説明すると言うことがどれだけ難しいかということにリーゼも困ってしまう。

「たぶん、そんなに若くはなくて……でもおじいさんでもなくて。低くて……」

「それじゃさっぱりわからないぞ」

「……そうですよね……」

何かの手がかりになるのではないかと思ったのに、うまく説明できないのがもどかしい。

「もう一度聞いたらわかるか？」

「……たぶん。一度聞いたら忘れることはできないと思います。とても……その、特徴があったので」

その特徴を説明するのがいかに難しいかということを、今痛感したばかりではあるけれど。考え込むような表情になったギルベルトは、手を打ち合わせてハロルドを呼び戻した。

「リーゼを俺の侍女にしたい」

「……何をお考えなのですか？」

丁寧ながら、まったく遠慮しない口調でハロルドは言う。今リーゼから聞き出したばかりの話を聞かされて、ハロルドは深々とため息をついた。

「……賛成はできませんが」

「では、この広い宮中から暗殺計画を立てている者をどうやって探し出す？　舞踏会の夜庭園にいたということは、ある程度身分のある貴族の可能性が高いだろう」

「それはそうかもしれませんが」

「俺の側に置いて、リーゼに声の主を探させる。お前も調べを進めろ。隣国との戦《いくさ》が再発するのは避けたい——アドルフィーネの身の安全も大事だが」

「使用人という可能性もありますね。となると、かなりの人数になります。秘密裏に調べるとなると時間がかかりますね」

「アドルフィーネの護衛は増やす。クラウス王との結婚に反対している者達のことを考えれば、この件が表沙汰《おもてざた》になるのは避けたいところだ」

ギルベルトは難しい顔をして、腕を組んでしまう。

「……リーゼ・フロイデンブルク。君はどう思う？」

どう、とハロルドに問われても困ってしまう。この件に関して、リーゼにできることと言えば声の主を探すことくらいだ。

「君の身に危険が及ぶかもしれない、と私は言っているのだけどね」

「……それは……そうかもしれないですけど。でも」

自分が役に立てるかどうかなんてわからない。けれど、できることがあるのならやるべきだろう。皇女を暗殺するなんて恐ろしい計画は、実現させるわけにはいかない。

リーゼは一度仕事に戻らされることになった。後のことについては、追って沙汰《さた》があるという。

「……そう言えば」

扉のところで一礼しようとリーゼが立ち止まると、ギルベルトが何気ない口調で口を開いた。

「お前、婚約したそうだな。後で詳しく聞かせろ」

——聞かせる機会なんて、あるのだろうか。

その疑問を口に出すことなく、リーゼは静かに退室したのだった。

第三章　皇帝陛下の侍女

リーゼの配属が変更になったのは、呼び出しを受けた当日のことだった。

「どうして、陛下のところに移動なの？」

クララが興味津々《しんしん》と言った様子で、荷物をまとめているリーゼの手元を眺めている。

リーゼはすぐに身の回りのものをまとめて、移動するようにと命令されていた。

今後はアドルフィーネの皇女宮ではなく、ギルベルトの皇帝宮で生活することになる。

ハロルドの話によれば、ギルベルトの寝室近くにリーゼの部屋は用意されているらしい。

「……昨日、ショールを探しに行った時にお会いして。それで……だと、思うんだけど……」

どう説明したらいいかわからなくて、リーゼはしどろもどろになってしまった。皆にどう説明すべきか、きちんと考えておけばよかった。

「あなた、昨日はそんなこと言ってなかったじゃない！」

「だって、まさかこんなことになるなんて思わなかったんだもの」

幸い、皆の好奇心はリーゼと皇帝の間に昨夜何があったかというところではなく、リーゼが皇帝のところに行くことになった、という事実の方に向いているらしい。

「やだ、私が探しに行けばよかった！」

「そうよね、そうしたら今頃私が陛下のところに移動になってたかも！」

皇帝の側に仕えるというのは、侍女達にとっては羨《うらや》ましいことなのだろう。リーゼも、他の人の話だったら羨ましく思ったに違いない。

――『ハロルド』としての彼と出会う前だったなら。

若く美貌の持ち主であり、国一番の権力者でもある皇帝の側で働くのを、きっと楽しんだことだろう。

最初から手の届かない相手とわかっていれば、側で働くだけで満足して、それ以上の感情なんて絶対に持たなかった。

でも、リーゼは既に『ハロルド』に恋をしかけていて――何度打ち消そうとしても打ち消せなかった以上、自分の気持ちを認めるしかなかった。

『ハロルド』と『ギルベルト』が別人であるのはわかっているのに、心がついてこない。

「……きっと、すぐにお役ごめんになって戻ってくるわよ」

クララにはそう言ってごまかす。

あの声の持ち主が見つかったらすぐにでも、皇女の侍女に戻してもらうつもりだ。それまでにどうにかしてこの気持ちを抑《おさ》える術《すべ》を学ばなければならない。

与えられた部屋に、リーゼの目は丸くなってしまった。

「ここ……ですか……」

今までは他の侍女達と同じ部屋で、一人きりになれるのはベッド周囲のカーテンを閉めた時だけだった。

けれど、ここは違う。たしかに広さはそれほどではないけれど、この部屋を使うのはリーゼ一人。窓には清潔なカーテンがかけられ、着替えを吊しておくことのできるクローゼットに、家族に手紙を書いたりするのに使う可愛らしい机、広めのベッド。

それからベッドの側にはギルベルトの部屋と繋がっているベル。これが鳴らされたら、すぐにギルベルトのところに向かわなければならない。

「それから、お仕着せはこれを。隣で待っているから、急いで支度をするように。私は十分しか待たないからね」

今まで皇女の元で着ていたのとは違う、ハロルドのお仕着せと同じ濃茶の女性用のお仕着せがリーゼに与えられた。白いエプロンは、真っ白でぱりっと糊《のり》がきいている。

「……まったく、陛下にも困ったものだ。君も、勘違いしないように」

リーゼには遠慮する必要はないと判断したらしく、隣室で待っていたハロルドの口調はつけつけとしたものだった。

「……わかってます。変な期待はするな、ということですよね。その点は大丈夫です」

最初からギルベルトの特別な存在になれるなんて思っていない。リーゼを彼が側に置くのは、ただ、リーゼが手がかりの一つだから。

「では——まずはお茶の淹れ方から」

アドルフィーネ皇女のところで働いていた時のリーゼは衣装係だったから、皇女の客人にお茶を出す機会なんてなかった。皇帝のところに来る客人に出すならば、最上級の茶葉を丁寧に淹れて供《きょう》すべきだ。

「……悪くはないね」

リーゼの手つきを見ていたハロルドは、意外にも感心したような声を上げた。

「母が茶道楽なので——こんなに上質のお茶をいただく機会はなかなかありませんけど」

「これなら、思っていたより早く客人の前に出せるかもしれないね。では、もう一度やってみようか。悪くはないけど、まだ合格点は出せないからね」

「はい、もう一度やってみます」

大変なことになってしまったというのを実感しないではいられなかった。まさか、皇帝の客人の前で給仕をすることになるなんて。

とはいえ、やるべきことはきっちりとやらなければ——結局その日一日は、ハロルドとの研修に費《つい》やされたのだった。

夜、部屋に下がることを許された時には、リーゼは完全に疲労困憊《こんぱい》していた。

肉体面という点ではたぶん衣装係の方が重労働だ。皇女のドレスは、意外に重量がある。こちらに来てから一日もたっていないけれど、精神面での負担はこちらの方がはるかに大きい。衣装係をしていた時は仲のいい同僚達がいたし、何より主と顔を合わせるのはほんの一瞬だった。

皇帝の側に仕える使用人として恥ずかしくない振る舞いをするためには、常に精神を張り詰めていなければいけない。おまけに、研修が終わったなら、ハロルドと一緒になって、皇帝の側で控《ひか》えていなければならないのだ。

きっと、精神面での負担はもっともっと大きなものになる。

「……大変になりそう」

ため息をついて、リーゼは首に手をやった。そこには、肖像画をおさめたロケットがかけられている。とはいえ、リーゼの知っている人の肖像画ではない。

ぱちん、とロケットを開くと、いかめしい顔をした男性の肖像画、そしてそれと向かい合う位置には、優しそうな老婦人の肖像画がおさめられていた。

男性の方は型が古いが、貴族らしい服を身につけている。老婦人の方も古めかしい型ではあるが豪華なドレスに煌《きら》びやかな宝石を飾っていた。

これは、もともとリーゼの祖母の持ち物だった。大切におさめられている肖像画がどんな人物を描いたものなのか。語らないまま彼女は逝《い》ってしまったから、リーゼの家族は誰一人としてこのロケットの謎については何も知らない。

リーゼがこれをいつも首にかけているのは、お守りくらいの意味合いなのだ。つらいことがあっても、優しかった祖母ならどう言ってくれただろうかと考えると元気になることができる。

今はともかく、行儀見習いに上がったばかりの頃は、毎晩のようにこのロケットを握りしめて泣きながら眠りについていたこともあった。

ぱちんと音を立ててロケットを閉じる。

——どうか、失敗しないでお仕えすることができますように。それから、皇女様を殺そうとしている人達を見つけ出すことができますように。

ロケットを握りしめて、祈る様に心の中でつぶやいた。

寝間着はもうベッドに置いてある。明日に備えて早く寝ようとリーゼがそれに手を伸ばした時だった。

「……え？」

ギルベルトが呼んでいるという合図のベルが鳴っている。研修を終えた時、ハロルドから今夜はもう休んでいいと言われていたのだが――寝間着に着替える前でよかった。

リーゼはロケットをテーブルの引き出しに放り込んで、部屋から飛び出した。

「――お呼びでしょうか」

緊張の面持ちで彼の前に行くと、彼は足を組んでベッドに座っていた。

どうやら舞踏会に出ていたらしく、黒地に金糸で刺繍の施された鮮やかな盛装がリーゼの目には眩《まぶ》しく映る。首に巻いていたはずのタイは、床の上に放り出されていた。

「――着替える。手伝え」

「……は、はい！」

不機嫌そうな声に、リーゼは思わず背筋を正した。これ以上彼の機嫌を損《そこ》ねない方がよさそうだ。

ギルベルトがベッドから起き上がって、リーゼの前に立った。まじまじと見つめてしまいそうになり、慌てて視線を落とす。

「……し……失礼……します……」

本来なら、これはリーゼの役目ではないはずだ。この役を務めるべきハロルドは、どこに行ってしまったというのだろう。

侍女として皇女のところで勤めていた間も、着替えを手伝う役は回ってこなかったからどう振る舞うのが正解なのかわからない。ギルベルトの方に身を屈《かが》め、金のボタンを一つ一つ外していく。

上着を脱がせ、一度脇に置くべく身体を横に向けた。だから、彼がリーゼの後を追ってきているのにはまったく気がついていなかった。

上着を置き、さて次の作業にかかろうかと振り返ったとたん——強く腕が引かれる。あっという間にリーゼの身体は、ギルベルトの腕の中に抱え込まれていた。

よく鍛《きた》えられた胸板《むないた》に顔が押しつけられて、リーゼの鼓動は跳ね上がる。「ハロルド」に口づけられそうになった時、舞踏会の夜抱きしめられた時、同じような温かさを感じた。

けれど、相手はリーゼの知っている『ハロルド』ではないということを、すぐに思い出した。無駄な期待をするなと釘を刺されたことも。

けれど、リーゼを抱きしめている腕の力はとても強くて——逃げることなんてできないと思わされてしまう。

「あの、陛下……どうか……お許し、を……」

「お許しを、か……何を許して欲しいんだ？」

「だから、あの……」

一人にしておいて欲しい。こんな風にされたら『皇帝』の中に『ハロルド』を探してしまいそうだ。リーゼが恋しかけたあの人はどこにもいないって、わかっているはずなのに。

「リーゼ」

耳元にギルベルトの唇が寄せられる。低い声でささやかれた名前はひどく甘く感じられて、リーゼは現実から目を背《そむ》けそうになった。

「だめ……離して……」

そう懇願する声も、彼の耳にはきっと届いていない。リーゼが身じろぎすると、身体に巻きつけられた腕にますます力が込められた。

「……お前が来なかったから、ずいぶんがっかりしたんだぞ。皇帝を半日待たせるとはいい度胸だ」

「そ、それは……」

そんなに長い間待っていてくれるなんて考えてもいなかった。リーゼが待ち合わせの場所に行かなかったら、きっと彼もすぐ引き上げてしまうだろう――そう思っていたのに。

「ごめん……なさい……」

あまりにも申し訳ないと思ったから、謝罪の言葉がずいぶんと子供っぽい、相手の身分を考えないものになってしまった。

「……婚約したって言ってたよな――相手はどこの誰だ？」

「それは……それは、あの……」

何て説明したらいいのだろう。あの話は、ハロルドに与えられた言い訳で、どこの誰だと言われても困ってしまう。

答える言葉を探すリーゼの両頬が、ギルベルトの手に包み込まれる。リーゼが身体を強《こわ》ばらせるのもかまわずに、ギルベルトは顔を寄せてきた。

唇が重ねられた――次の瞬間、リーゼは目を見開いてしまった。ぬるりとしたものが唇を割って中に入り込んでくる。

「んっ……んぁっ？」

すぐそこに、ギルベルトの目がある。思っていたよりずっと近く。彼の目は、まっすぐにリーゼを見ていた。

口内に入り込んでいた舌が艶めかしく動く。左右から舌を撫でられて、リーゼは思わず彼の腕に手を置いて引きはがそうとしてしまった。

「ふっ……う、んぅ……」

耳を塞ぎたくなるような水音が、耳に入り込んでくる。頭を振って逃れようとすると、頬を包んでいた手が両耳を塞ぐように移動した。

「あっ……や、ぁ……」

ギルベルトはまだリーゼから目を離そうとはしない。絡め取られている舌が軽く吸い上げられ、これ以上は耐えられなくなってリーゼは目を閉じた。

それと同時に、ギルベルトは舌の動きを変えた。わざと音を立て、リーゼの口の中を掻き回す。耳を塞がれているから、その音が頭の中に響き渡って、リーゼの羞恥心を煽った。

「ん、だめ……だめ、です……！」

必死に唇を引きはがす。弱々しくギルベルトの胸を押しやろうとすると、ぎゅっと抱きしめられた。

「どうし……て……？」

リーゼの問いに彼は答えてくれない。背中に回っていた手が下の方へと下りていく。

柔らかく尻の丸みを撫でられて、リーゼは狼狽《ろうばい》した。いきなりそんなところに触れるなんて、まったく考えたこともなかった。

「何でお前を呼んだのか……わかっているだろう？」

「わ、わかりません……！」

ひょっとすると――と思わないわけではなかったけれど、それを口にすることはできなかった。とたん、ぎゅっと尻の肉を掴まれる。

「やだっ……」

「……逃げるな。命令するぞ？」

「婚約……してるんです！」

何とか逃げ出そうと身を捩《よじ》りながらリーゼは叫んだ。

――こんなことを受け入れるわけにはいかない。

これ以上皇帝相手に深入りするのは間違っている。だから、ハロルドが与えてくれた言い訳を徹底的に有効活用しようとした。

「俺は、認めていないぞ。そんなこと」

リーゼの言い訳はまったく気にしていない様子で、ギルベルトはエプロンの紐を解く。

肩からエプロンが滑り落とされたかと思ったら、背中のボタンが一つ、外《はず》された。

「認めないって……そんな、だめです！」

婚約したのは嘘だけれど、侍女として以外の役を期待されるのは間違っている。

必死で抵抗するけれど、持ち上げられた次の瞬間にはベッドに放り投げられていた。何とか乗り越えて逃げようとすれば、今度はベッドにうつぶせに押しつけられる。

素早くリーゼの腰を両膝で挟み込んだギルベルトは、身を屈《かが》めてリーゼの耳に口を寄せた。

「――逃げるな」

「……でもっ……わ、私……婚約……し……て……お願い……」

「俺はそんなことは聞いていないし、認めない」

残りのボタンが一つずつ外されていく。何とか逃れようと身を捩る動きを利用して、両腕がお仕着せから抜かれてしまった。

「陛下……だめ……」

「……これ以上だめというな。命令だ」

リーゼはうつぶせにベッドに押しつけられているから、彼がどんな表情をしているのかわからない。

どうして、彼はこんなにもリーゼに執着するのだろう。

ひょっとして、あの日待ち合わせ場所に行かなかったことで、彼の怒りを買ってしまったのだろうか。遊び相手にするつもりが、逃げ出されて腹を立てている？

「何を考えている？　何も考える必要はないだろう」

「んっ……」

身体の下でお仕着せが皺になるけれど、ギルベルトはそんなことは気にしていないようだった。

下着だけになってしまったリーゼの上半身とベッドの間に強引に手をねじ込んできて、背後から乳房に手を這わせる。

「あっ……い、やっ……」

異性にそんなところに触れられたことがあるはずもなくて、リーゼの頭がぼうっとしてくる。今、自分がどんな格好を強《し》いられているのか。それを考える余裕は消え失せていた。

「……あっ……いけませんっ……」

「俺がお前を欲しいと言っているんだ。逆らうんじゃない」

指の先が、硬くなり始めている胸の頂をかすめていく。思わずぴくんと身体を反応させると、気をよくしたようで、もう一度同じ場所をなぞられた。

そこを撫でられた瞬間、じわりとした疼きが広がってリーゼは困惑してしまった。身体の中心が熱くなっているような気がする。

「……だって……あっ……」

ギルベルトの指先は、簡単に硬くなっている蕾《つぼみ》を見つけ出してしまう。薄い布地越しにそこを撫でられれば、甘ったるい声がリーゼの唇から零れ落ちた。

「いや……あぁ……」

危険すぎる感覚に、背中がぞくぞくとする。腰のあたりに甘い痺れが走って、思わず腰をくねらせた。

「……何が嫌なんだ？」

「こんなの……間違って……」

「間違ってない。お前は何も考えずに俺の言うことに従っていればいい……そうだろう？」

考えることを放棄するのは、あまりにも簡単に乗ってしまえる誘惑だった。けれど、リーゼは、弱々しく首を横に振る。

きっとリーゼがもっと野心家なら、これをきっかけに皇帝に取り入ろうと考えたのだろうけれど、あいにくそんな野心は持ち合わせていない。

「んっ……あぁ……へい、か」

リーゼに何も考えさせまいとするかのように、ギルベルトは胸への刺激をやめようとはしない。いつの間にか背後から両乳房が大きな手に包み込まれていて、リーゼの思考能力を完全に奪い去っていた。

やわやわと揉まれれば、完全に手足から力が抜けてしまう。ギルベルトの指先が、時々乳首を掠《かす》めていき、その度にリーゼは喘《あえ》いだ。

こんなの間違っている——頭ではわかっている。いずれ彼は、身分に釣り合った女性を皇妃に迎えるだろう。その時に、リーゼの存在は邪魔にしかならないはずだ。

「ふ……あぁ……あんっ」

今までは掠めていくだけだったのが、薄い下着ごと胸の先端が摘まれる。走り抜けた快感は、今までとは比べものにならないくらい鋭いものだった。

「……ん、……だめ……」

摘まれ、指先でころころと転がされれば、同調するようにリーゼの身体はくねってしまう。

「——思っていたより、感じやすいな。何も考えなくていい。そのまま快楽に身を任せていろ」

ギルベルトの命じる声も、耳には入っていなかった。胸の頂《いただき》が転がされるのに合わせて、肩を引きつらせ、ただただ甘い声を上げ続ける。

やがて手がスカートを捲《めく》り上げてきた。ドロワーズが見えてしまうということに耐えられそうもなくて、慌ててスカートを押さえる。けれど、力の抜けているリーゼの手では、ギルベルトにかなうはずもなかった。

内腿を撫でた手は、迷うことなく上を目指す。足の付け根を撫でられて、リーゼはひときわ高く喘いだ。

「わかるか？　ここが濡れているのが」

布の上からその場所をなぞられる。濡れているのは十分以上に承知していたけれど、リーゼは首を横に振った。

表情を見られたくなくて、伸ばした手が枕を引き寄せる。ぎゅっとそれにしがみつくと、ギルベルトは笑った。

「抱きつく相手を間違えているぞ」

「そ、そんなこと……あ、そ、そこは……！」

脚と脚の間、秘めておくべき場所をギルベルトの指が撫で上げる。布越しとはいえ、そんな場所に触れられて、リーゼは脚を閉じようとした。

その場所を撫でられれば、溢れた蜜が下着を濡らす。

「んっ……あっ……だめっ……あぁっ……」

身体を上に逃がそうとすれば、腰が抱え上げられてしまう。必然的にギルベルトにその場所をさらけ出すような体勢を強要されて、リーゼの花園からまた蜜があふれ出た。

「……すごいな……ほら、もうここが疼くんじゃないか？」

花弁の間に下着ごと指を押し込まれると、粘着質な音がした。ギルベルトは同じ動作を繰り返し、その度にリーゼの背中がしなる。

「はっ……あぁ……」

嫌らしい音を立てて、布が花弁の間へと割り込んでくる。そのままそこで指を揺さぶられれば、もどかしい快感がリーゼの身体を支配し始める。

指の動きに合わせるように、わずかにリーゼの腰が揺れる。快感を追うには、まだ羞恥心を捨て切れてはいなかった。

「だめ……だめ……」

譫言《うわごと》のように繰り返す言葉は、拒否を意味してはいない――これから先の快感を恐れているだけのこと。

「リーゼ、このまま――」

ささやくギルベルトの声が熱を帯びて聞こえるのは、リーゼの身体が熱くなっているからだろうか。わからないままリーゼの口からは、ひっきりなしに喘ぎ声が上がり続けている。

「……あっ……いや……い、や……！」

花弁の間を往復しているギルベルトの指先が動きを速める。リーゼは彼の指に合わせるように腰を揺らした。少しずつ、身体が快感の受け入れ方を覚え始めている。薄布ごと、花弁が震えるのがわかった。

「あっ……んぅ……んんっ！」

達してしまったその瞬間、必死に唇を噛んだのは、ギルベルトに恥ずかしい声を聞かれたくなかったから。

「……もう、いやぁ……」

くたりとベッドに崩れ落ちたリーゼの上にギルベルトがのしかかってくる。

「こら、嫌とか言うな」

そう言う彼の声音は、『皇帝』のものとは違うような気がした。一緒に市場に出かけた『ハロルド』が戻ってきたようで、リーゼの心に迷いが生まれる。

その迷いを彼は見逃さなかった。今までかろうじて腰のあたりに引っかかっていたお仕着せが、足から抜かれて床に落とされる。

あっという間に下着だけにされてしまい、リーゼは胸を隠すように両腕を胸の前で交差させた。けれど、そんなの何の抵抗にもならない。

「——俺を拒《こば》むな、と言っただろう？」

ギルベルトの手に腕を掴まれれば、なされるままにシーツの上に腕を投げ出すことしかできない。

「だって……んんっ」

両手をシーツに押さえつけられたまま唇を奪われた。ギルベルトは容赦なくリーゼの口内を掻き回す。

足をばたつかせたのはほんの一瞬のこと。すぐに身体から力が抜けて、ギルベルトのキスに応じてしまう。

「うぁ……ぁっ……ふ……」

舌と舌が絡むのが気持ちいい。彼がすぐ近くにいるみたいだ。

口内に押し入ってきた舌に翻弄《ほんろう》されていたのが、リーゼの方から差し出すように舌を突き出す。それを待っていた、と言わんばかりにきつく舌を吸い上げられた。甘えた声と同時に、リーゼの背がそる。

押さえつけられていた腕が自由になった――かと思えば、片手が薄い布地に守られているだけの膨らみへと伸びる。

「あっ……あっ……ひ……んぅ……」

胸の頂はすっかり硬くなっていて、薄い布地を押し上げている。

そこを的確に摘み上げられて、いまだにギルベルトの舌に蹂躙《じゅうりん》され続けているリーゼの口からくぐもった声が上がる。

「何がイヤだ、だ。こんなになっているくせに」

「あぁっ！」

唇を解放したギルベルトが、そう言うのと同時に指先に摘まれた先端が捻《ひね》られた。下腹部が愉悦《ゆえつ》にわなないて、リーゼはまた新たな蜜を零す。

こんな風にギルベルトと接するのは間違っていると、頭の中には警鐘が鳴り響いているのに身体は言うことを聞いてくれなかった。

与えられる快感を貪欲《どんよく》に飲み込んで、もっともっととその先をねだりたくなって――考えていることと身体の反応は正反対だ。

「だって……あ、こんなの……いけな……あうっ！」

必死に言葉を紡《つむ》ごうとするけれど、ギルベルトはそんな暇など与えてはくれなかった。舌が、首筋を触れるか触れないかのところを撫でていく。肌をなぞる濡れた感触にリーゼは、身体をひくつかせた。

腰が甘く疼いていて、足をじっとさせておくことができない。シーツをひっかく足は、新たな刺激を与えられる度にきゅっとつま先を丸めていた。

「……何がいけないんだ？　俺はお前を欲しいと思っている。お前も――そうだろう？」

傲慢にすら聞こえるギルベルトの声。リーゼはわずかに首を振って、彼の言葉を否定しようとした。

「何でそんなに強情なんだ。さっきだってここで、気持ちよくなっていただろう？」

傍若無人《ぼうじゃくぶじん》に、手がドロワーズの中に侵入してきた。慌てたリーゼは上にずり上がろうとするけれど、そんなこと彼の方では完全にお見通しだった。

ギルベルトの指が、完全に潤っている秘所をあっけなく捉える。

「ほら。こっちはイヤとは言ってない」

「そ……それは……」

かっとリーゼの頬が熱くなった。指先でなぞられた場所がひくつく。二本の指先で、濡れた花弁を広げられれば、指を歓迎しているかのように蜜が溢れた。

そろりと一本の指が差し込まれる。

「んっ……くぅ……」

異物感にリーゼは眉を寄せた。

体内に他人の肉体が入っているという感覚に馴染めない。恐怖に震える唇を必死に宥《なだ》めていると、指が引き抜かれた。

「まだ、狭いな」

そう呟いた彼は、リーゼが怯《おび》えた眼差しで見上げているのに気がついたようだった。

「大丈夫だ。そんな怖がらなくていい」

これ以上彼の顔を見ていられなくて、リーゼはぎゅっと目を閉じる。額に唇が押し当てられて——その感覚に震えている間に身につけていたものをすべて取り払われてしまった。

「……見ないで……お願い……」

目を閉じたままリーゼは懇願するけれど、そんなことくらいでギルベルトの意志が変えられないこともわかっている。肌に触れる感覚で、彼はまだ衣服の大半を身につけていることがわかるから、よけいにリーゼの羞恥心は煽られた。

「……あっ……」

ギルベルトの唇が、硬くなった胸の蕾を挟み込むのと同時に、リーゼの口から小さな声が上がった。

「あ、……や、あぁ……」

濡れた舌で乳首の周囲をなぞられ、軽く吸い上げられれば、反応するように腰が揺れてしまう。顎を突き上げて無防備になった喉を軽く撫でられると、それだけで淫らな声が部屋中に響いた。

いや、いや、と首を左右に振ってみても、それは相手を煽るだけ。そんなことなどまるで気がついていないリーゼは、引きつるような声に合わせて首を左右に振った。

「あっ……それ、いやぁ……！」

舌先で胸の頂を跳ね上げながら、もう一方の頂は指でぐいと押し込まれる。左右からの刺激に、慣れていないリーゼは完全に混乱してしまって、泣くような声を上げて悶えることしかできなかった。

「あっ……いやっ……へ、変になる……か、らぁ……！」

相手が皇帝であることなど、リーゼの頭から完全に抜け落ちていた。舌足らずに訴えるのは、胸にくわえられる甘い責めから解放して欲しいということだけ。

「変になればいい。どうせ、ここには俺とお前しかいないんだから」

下の方から響いてくるのは、甘い甘い誘惑の声。ここがどこなのかも、相手が誰なのかも忘れて、快楽に身を投げ出してしまえばいい。

「で、でも……あんっ」

かろうじて残った理性をかき集めて、リーゼはやめて欲しいと訴えようとしたけれど、それを阻《はば》んだのは新たにくわえられた愛撫だった。

舌でさんざん嬲《なぶ》られていた胸の頂が解放された、と思った瞬間。その場所を濡らす唾液を塗り込めるような指での刺激へと変化する。

逆に今まで指で転がされていた反対側の頂に、ギルベルトは舌を押しつけた。

「んっ……んっ……んぁ……んっ！」

喘ぎを響かせまいとリーゼは口に手を押しつけるけれど、それも無駄だった。

いくら声を殺そうとしても、快楽に負けつつあるのは明白で。それをわかっているからこそ、ギルベルトも無理に口を覆うのを止めさせようとはしなかった。

「あ……だめ……苦しい……」

どうしてこんなに苦しいのだろう。腿をもぞもぞと摺《す》り合わせ、リーゼは脚の間の疼きをごまかそうとする。

「苦しい？　違うだろう。もっと気持ちよくなりたいだけだ」

両膝の裏に手がかかる。持ち上げるようにして固定されて、リーゼは悲鳴を上げた。こんな格好を強いられるなんて、羞恥のあまりに一瞬気が遠のきそうになる。

「あっ……な、何――あぁっ！」

濡れそぼったその場所に、ギルベルトの顔が近づいたと思ったら、快感のあまり弾けそうになっている秘芽《ひが》に舌が触れる。

頭の中が真っ白になるのではないかと思うくらいの快感が走り抜けて、リーゼは全身を激しく震わせた。

「あっ……そ、それ……んあっ……くっ」

一度触れただけで解放されるはずもなく、ギルベルトの舌は的確に淫芽《いんが》を弾《はじ》く。かと思えば、そのすぐ下に移動して溢れる水蜜を掬《すく》い上げた。

「やっ……あっ……あんっ……！」

ギルベルトが触れる度に、リーゼの下腹部に恐ろしいほどの愉悦《ゆえつ》が走る。身体を快感に支配されて、リーゼはシーツの上でのたうち回った。

「こ……壊れ……！」

このままでは心が壊されてしまう。恐怖に悲鳴を上げれば、一瞬だけ攻撃が中止された。

「この程度で壊れるものか。いいから、お前はおとなしく俺に従っていればいい」

「だって……あぁっ！」

震える花弁の間を舌が滑る。そこから中へ押し入られれば、リーゼは腰を跳ね上げて、恐ろしいほどの快感にすすり泣いた。

これを続けられたら、心が壊れて、この快感を求め続けてしまうに違いない。

泣きながらやめてくれるよう懇願するけれど、ギルベルトは彼女の願いを聞き入れてくれるつもりなどまるでないようだった。

「んっ……あっ……あ、あ、あぁんっ！」

リーゼの嬌声《きょうせい》はどんどん切羽詰《せっぱつ》まったものへと変化していく。ギルベルトはリーゼの声音が変化するのを追って、どこが弱いのかを的確に探り当てていた。

舌で淫芽を弾かれる度、唇で挟み込まれて震わされる度、リーゼの身体はシーツの上で激しく震えた。

「も……も……うぅ……！」

今までとは違う快感がやってくる。その予感に背をそらせたその時――ひときわ強く快楽の源《みなもと》を押し込まれて、リーゼは絶頂に追いやられた。

「へ、変……になった……の……」

達すると言うことがよくわからなくて、甘ったれた声で訴えれば、思いがけず優しい手つきで髪を撫でられる。

「変じゃない。可愛かったぞ」

「……ほん……と……？」

リーゼの息はまだ整わない。とろりとした目で見上げれば、小さく微笑んだ彼の手が脚の間に滑り込んでくる。

先ほどではないが、指を入れられればやはり違和感を覚えずにはいられない。

「大丈夫だ。目を閉じて……ほら、俺に全部任せて」

言われなくても、リーゼは目を閉じていた。快楽に溺れる表情を見られたくなくて顔を背ければ、強引に上に向けられる。

「は……あっ……」

ゆるゆると中を往復していた指が、もう一本増やされる。増やされたその時にはきつくて一瞬眉が寄ったけれど、それにもすぐに慣れた。

「く……ん……あふ……」

ギルベルトは慎重にリーゼの中を探っていて、時々敏感な場所を掠める度にリーゼは喘いでしまう。不安になってギルベルトのシャツを掴めば、中で指が震わされる。

「あっ……そこ……いや……」

痛みにも似た感覚が、刺激された場所から伝わってくる。腰を引こうとするけれど、彼は執拗《しつよう》にその場所を擦《こす》り上げた。

「あっ……いやって……言った……あぁっ……」

非難がましい声を上げながらも、リーゼはそれが新たな快感であることを認識し始めていた。ぎゅっと眉を寄せ、悩ましい吐息を零してしまう。

より深いところで快感を得ようと、わずかに腰が持ち上がった。指が引き抜かれるのに従い、とろりとした蜜が溢れてシーツに滴《したた》り落ちる。

「んっ……く……あっ……あぁ……」

ギルベルトは抜き差ししている指の速度を上げる。内腿を摺り合わせるようにして、リーゼは何度も背中を弓なりにした。

熱い疼きが下腹部を襲い、そこから全身へと広がっていく。

「あ――あ、あぁっ」

あまりにも大きな快感に、リーゼの目から涙が零れ落ちた。

全身を激しく震わせていると、指が引き抜かれる。乱れた息のまま、シーツにぐったりと横になっていると、衣擦《きぬず》れの音がリーゼの意識を引き戻した。

うっすらと目を開けば、こちらを見下ろすギルベルトも、手早くすべての衣服を脱ぎ捨てていた。

「あ……私……」

それ以上何も言うことができず、リーゼは唇をわななかせる。

リーゼの視界に入ってくるのは、ギルベルトの顔。リーゼよりずっと広い肩――鎖骨からよく鍛えられた胸。

そこから先を見るのには耐えられなくて、目をぎゅっと閉じる。脚の間にギルベルトが割り込んできた。

「リーゼ、俺を見ろ」

「……はい」

リーゼの睫が震えるけれど、何とか正面からギルベルトの顔を見つめた。彼の瞳がまっすぐにリーゼを見つめ返してくる。

「お前は何も心配しなくていい。全部俺に任せておけばいい……約束する。俺はお前を大切にするから、何も心配しなくていい」

指などよりはるかに熱くて硬いものが、秘所に押し当てられる。それは思っていたよりずっと熱くて……リーゼは驚愕に目を見開いた。

「……見ない……で……」

やっぱりじっと顔を見られているのは恥ずかしい。視線をそらそうとすると、片手を頬にあてられて正面へと戻された。

硬くなったギルベルト自身が蜜を絡めるように、柔襞《やわひだ》の合わせ目にそって往復する。時折先端が秘芽を掠める度に、リーゼはこみ上げてくる愉悦に耐えきれず声を上げた。

「ん――あっ……」

「力を抜け。その方が、痛みを感じなくてすむ……リーゼ」

押し入ってきた一瞬、リーゼの身体が強ばる。けれど、ギルベルトに優しく名を呼ばれると、そんな恐怖心はどこかに消え失せてしまった。

「……く……んぁ……」

浅い呼吸を繰り返して、痛みを少しでも逃がそうとする。

先ほどまでその場所を掻き回していた指なんかよりギルベルト自身は大きかった。身体を内側から開かれるという未知の感覚に、リーゼはかすかに首を揺らす。

「痛くないか？」

その問いには、うなずくことで返事にする。声を出すだけの余裕はなかった。

見ているように、と言われたけれど正面から彼と顔を合わせたままでいることなんてできるはずもない。

じりじりと身体が広げられ、苦痛にリーゼの眉が寄る。一際《ひときわ》大きな痛みと共に腰がぶつかり合って、ついにギルベルトを受け入れたことを知った。

「……陛下」

他にどう呼びかければいいかわからなかったからそう呼ぶと、リーゼの頬に口づけながら、彼は苦笑したようだった。

「ベッドの中でまでそう呼ぶ奴がいるか……ギルベルト、だ。そう呼べ」

「……ギルベルト、様……」

相手の名前なんて、もうどうでもよかった。素直に彼の名を呼べば、体内に埋め込まれた彼自身がいっそう硬度を増したように感じられる。

「大丈夫か？　痛くないか？」

そう問いかけてくれるギルベルトは、心からリーゼをいたわってくれているようで。

今まで痛いと言うことばかりに頭がいっていたリーゼの唇に、うっすらと笑《え》みらしきものが浮かぶ。

「……平気……です」

最後にそう付け加えてしまったのは、相手が恋人ではなく身分ある人なのだということを忘れ去ることはできなかったから。

「……そうか」

それ以上、彼は何も言おうとはしなかった。ただリーゼの頬に、瞼にとキスの雨を降らせ、髪を撫でる。

まるで本当に大切にされているみたいだ――こんな形で純潔を失うことになるとは思わなかったけれど。やがて、リーゼの上にいるギルベルトが大きく息をついた。

「ギルベルト様、……苦しい……です……か？」

「苦しくはないが……そろそろいいか？」

「え……あ、あぁっ！」

不意にギルベルトが動き出したから、リーゼの意識は一気に引き戻された。

ギルベルトが動く――リーゼを貫いていた楔《くさび》が引き抜かれ、そしてじりじりと最奥まで埋め込まれる。

「……あ、ギ……ギルベルト、さ……まぁ……」

熱い欲望の証が柔壁を突き上げる度、いい知れない感覚がリーゼの身体を支配する。

「身体……おかしく……なっ……」

きっと自分はどうかなってしまったのだ。こんなにくらくらして、息も乱れて。身体を震わせると、ぎゅっと内部が収縮してきつくギルベルトを締め上げる。

「おかしくない……おかしくないから……よけいなことは考えなくていい」

そう言ってくれるギルベルトの方も、息が乱れて苦しそうだ。

薄く開いたリーゼの唇に、熱い彼の唇が押しつけられる。まるでリーゼの喘ぎをすべて吸い取ってしまおうというかのように。

おののきながらリーゼが舌を差し出せば、彼の口内へと招き入れられた。水音はどこから生じているのか――もうわからない。

いつの間にか、ギルベルトの動きに合わせてリーゼも腰を揺らしていた。求めるのはただ一つ。高みに昇りつめたい、彼と一緒に。

「リーゼ……いく、ぞ……」

これ以上は堪《こら》えきれない。そう思ったのと同時に、彼が宣言する。

「お前も一緒に……いいな……」

そう言われても、どう対応したらいいのかわからなかった。ギルベルトの身体に両手を回し――高みを目指して快楽を追う。

やがて、最奥で何かが弾けたような気がして――くたりと手足の力を抜いたリーゼは、かすかに名を呼ばれるのを聞いたような気がした。

◇◆　◇◆　◇◆　◇◆

目が覚めた時には、あたりは完全に明るくなっていた。

「あ……、も、申し訳ございませんっ！」

何と言うことだろう。慌てたリーゼはベッドから飛び降りようとし、自分が何一つ身につけていないことに気がついて、悲鳴を上げる。

「……朝からけたたましいな。まったく……もう少し寝てろ」

「な、何をおっしゃるんですか！　無理に決まっているでしょう……私には仕事が――あ、陛下！」

朝まで皇帝のベッドにいるなんてとんでもないことになったと青ざめているリーゼを、ギルベルトは強引に自分の腕の中へと引き戻した。

「昨日はギルベルト、と呼んでいなかったか？」

「……覚えてません……！」

昨夜のことを思い出すと、顔が焼かれているのではないかと思うほど熱くなってくる。

リーゼを引き戻したギルベルトも何一つ着ていないらしいということが触れ合う感覚で伝わってくるからなおさらだ。

「あの……お願いです……もう行かないと……」

皇帝がどういう風に一日を過ごすのかは知らないが、皇女のところで働いていた時の経験から判断すれば、そろそろ起床の時間だろう。皇帝の支度を調《ととの》えるために誰かやってくるはずだ。

「まだ行かなくていい」

「お願いですから……もう、行かせてください……」

「駄目だ。もう少しでいいから」

重ねて言われ、リーゼは抵抗を諦めた。

本当にこの人は皇帝なのだろうか。こんな人だなんて、思っても見なかった。

リーゼは城で働いているとはいえ、身分が低いから皇帝と直接顔を合わせる機会なんてあるはずもなかった。公式行事の時も遠くから顔を見るだけ——だから、『ハロルド』と知り合った時も何となく皇帝に似ている、ですませてしまったくらいだ。

——彼が皇帝じゃなかったら。

つい、そんな風に考えてしまう。

結婚前に夜を共にしてしまうと言うのは誉められたことではないけれど、相手が皇帝ではなくてリーゼと釣り合う身分の人だったら——きっと、もっと幸せな気持ちで朝を迎えることができただろうに。

「どうした？　急に元気がなくなったな」

裸のままの身体を密着させて、ギルベルトはリーゼの額に唇をあてる。

——そんな風にしないで欲しい……なんて、言えない。

リーゼは心の中でため息を吐いた。期待している以上に優しくされたら、恋人と一緒にいるような気になってしまう。

こうなるとわかっていたから、彼が皇帝だとハロルドに聞かされた時、すぐに身を引くと答えたのに――ギルベルトはすべてを無駄にしてしまう。

「おはようございます、陛下」

やがて、ハロルドがギルベルトを起こしにやってくる。

リーゼは慌てて上掛けの中に潜《もぐ》り込んで姿を隠そうとしたけれど、ハロルドの目は何一つ見逃さなかった。

「……侍女には手をつけないよう、お願いしたはずですが」

「お前の指示に従わなければならない理由がどこにある？　着替えはそこに置いておけ。すぐに行くから」

「……かしこまりました」

まだ言いたいことはたくさんあるのだと、口調にたっぷりと滲ませたハロルドは、それでも一礼して姿を消す。

「……お前もすぐに来いよ」

ギルベルトはそう言って頬を撫でてくれたけれど、リーゼは何も言うことができなかった。

大急ぎで身支度を終えてハロルドのところへ行った時には、ギルベルトはもう政務に入った後だった。

ギルベルトの部屋にいるところをハロルドに見られるなんて思ってもいなかったから、恥ずかしくてハロルドの顔を見ることができない。

視線を落としたまま硬直していると、ハロルドから声をかけてくれる。

「――では、仕事にかかろうか」

「……はい」

「リーゼ」

名を呼ばれて、びくりとリーゼの肩が跳ね上がる。

「君が陛下に逆《さか》らえるはずもないから、咎《とが》めるつもりはないけれどね。後でつらい思いをするのは君だぞ」

「わかってます、そんなこと！」

思っていた以上に強い口調になってしまって、リーゼ自身が驚いて目を丸くしてしまう。

「……わかってるんです。私だって……でも」

ハロルド自身が口にしたように、リーゼが皇帝に逆らえるはずもない。それだけではないこともわかってはいる。

昨夜――一晩だけでも、と思ってしまったのだ。好きになった相手に手が届かないのなら、一晩くらい夢を見てもいいではないか。

そう思ってしまうくらいに、昨夜のギルベルトは熱心にリーゼを欲しがってくれた。従ったのは命令ではなく自分の気持ち。

「そんな顔をしていたら、陛下の前には行かせられないよ——ほら、背筋を伸ばして気合いを入れて」

不意にハロルドの声音が、同情の色を帯びたような気がした。ぽん、とハロルドはリーゼの肩を叩く。

その言葉にリーゼは奥歯を噛みしめた。

ここに、何のために来ているのかを考えれば、うつむいてなんていられない。

「ハロルドさん、何から始めたらいいですか」

大きく深呼吸した後は、リーゼも落ち着きを取り戻している。よけいなことは考えず、できるだけのことをしようと決めた。

第四章　声の主を探して

昼近くなってギルベルトが最初の訪問客を迎え入れると、リーゼはティーセットを携えたハロルドに連れられて面会室へと入る。あの日、耳にした声の持ち主を見つけださなければ。

失礼にならない程度に素早く視線を走らせて確認すれば、ギルベルトと向かい合っているのは、中年の男性だった。身なりから判断すれば、相当身分が高いのだろう。

「ハロルド、執務室に書類を忘れたから持ってきてくれ。茶をいれるのはリーゼがやれ」

ギルベルトが命じると、ハロルドは静かに面会室を出て行く。

リーゼはワゴンに乗せられたティーセットに歩み寄ってポットを手に取った。お茶をいれる手順は、ハロルドにみっちりと仕込まれたから問題はないはずだ。

「陛下、あの娘は？」

リーゼの方へ視線を投げかけながら、男性が問う。彼の視線を痛いほどに意識しながら、リーゼは次の手順に取りかかる。

「あれか？　アドルフィーネのところから引き抜いてきた。口が堅いのが気に入っている――そうだろう、リーゼ？」

ギルベルトに声をかけられてリーゼの動きが止まった。

口元に笑みを作り、無言のまま頭を下げる。口が堅い演出をして見せたつもりだったけれど相手にはどう見えたことか。

「――そうですか」

男の視線がちょうどお辞儀《じぎ》を終えて顔を上げたリーゼの視線と交錯《こうさく》する。きつく睨まれてリーゼはたじろいだ。

「……そいつのことはもういいだろう。ああ、ハロルドが戻ってきた」

戻ってきたハロルドが、ギルベルトに命じられていた書類を差し出す。リーゼは壁際に引っ込みながら失望していた。

今の男性は違う。たしかに柔らかな低音の美声の持ち主ではあるけれど、あの夜庭園で聞いた男の声のような吸引力はない。

面会していた男性が立ち去るのと同時に、ギルベルトはリーゼの方を振り返った。

「どうだ？」

「……違います」

がっかりしながらリーゼが答えると、ギルベルトはリーゼを手招きした。

「最初からそうがっかりしなくてもいい。いきなり探している相手が見つかるはずもないさ」

「……そうです……あっ、何を！」

ギルベルトの手が腰にかかったと思ったら、あっという間に彼の膝の上に抱き上げられていた。

「な……、な……ハロルドさんが……！」

「あいつならとっくに出て行っているが？」

「で、でもだからって、そんな！」

リーゼ自身、混乱してしまって何を口走っているのかわからない。リーゼを抱きしめたギルベルトは頬に唇を寄せてくる。

「……十分だけだ」

「十分？」

その言葉に、彼の膝から降りようとじたばたしていたリーゼは動きを止めた。

「十分もすれば次の仕事にかからなければならないからな」

耳に唇を寄せられて、リーゼの背筋を快感が走り抜ける。昨夜まで快楽とは無縁の身体だったはずなのに、一晩で完全に身体を作り替えられてしまったような気がする。

「あ、待って！」

昼間だというのに、ギルベルトはリーゼの耳から頬、首筋へと唇を滑らせた。

侍女のお仕着せは襟が高いから直接素肌には触れないのだが、そうやって顔が近づいてくるとつい反応してしまう。

「……ですから！　そういうことをするのはやめてくださ……」

じたばたと身を捩ると、首のあたりでギルベルトは愉快そうな声を上げた。その笑い声にまたリーゼはまた慌ててしまう。

しばらくの間リーゼを抱きしめ、彼女の肩に顔を埋めていたギルベルトだったけれど、深々とため息をついた。それから、リーゼを床の上におろす。

「——時間だ。次は女性だからお前がここにいる必要はないな」

ハロルドを呼び入れたギルベルトは、何事もなかったような顔をして命じた。

「リーゼをしばらく貸してやる。控え室の様子も見てこい。今日予定がなくても、俺の予定が空けば面会したいと待っている連中がいるはずだ」

今の今までリーゼに戯《たわむ》れかかっていたのとは別人ではないかと思うくらい、ギルベルトは完全に皇帝の顔を取り戻していた。

「……かしこまりました、陛下」

命令を受けたハロルドは、リーゼをともなって面会室を出る。

「まずは厨房、かな。焼き菓子とお茶と……軽い酒も出しておこうか」

「お酒、ですか」

お酒をたしなむという習慣はないので、いくら軽いとはいえ昼間から酒を出すと言われてもぴんと来ない。

「……酒が入れば、人間口が軽くなるからね――城内で悪酔いされても困るからほどほどに、ということだと思ってもらえればいい」

厨房からビスケットや一口大のケーキがハロルドの命令によって届けられ、それと同時にお茶や果実酒などが控え室へと運び込まれる。

ケーキはクリームやフルーツで鮮やかに飾られていて、こんな時でなかったらきっと目を奪われていた。

ハロルドが呼び出したのはリーゼの他に何人かの侍女達だったけれど、彼女達は中央宮の所属である紺色のお仕着せを着ている。皇帝宮所属であることを示す濃茶のお仕着せを着ているのはハロルドとリーゼだけで、少々居心地が悪かった。

「今日は暑いですし、冷たい飲み物をお持ちいたしました。よろしければ……」

遠慮がちにハロルドが声をかける。室内にはたくさんの貴族達がいたけれど、彼の声に皆こちらを振り返った。

――こんなにたくさんの人がいるなんて思わなかった。

舞踏会の日でもないのに、広間にはたくさんの人が集まっていた。

一瞬リーゼは目を丸くしかけたけれど、すぐに気を引き締める。『あの声』の主を探しに来たのだから、気をとられている場合ではない。自分の使命を果たさなければ。

いったいこの城にはどれだけの人がいるのだろうと、リーゼは手と耳と目を忙しく働かせながらも考える。

この場にいる人達だけではなくて、ここに来ていない貴族はこの何倍もいる。見つからなかったら、と考えると気が遠くなりそうだ。

「――陛下にも困ったものだ」

彼らにしてみれば、リーゼなんて室内の置物同然だ。リーゼの存在などまるで気づいていない様子でひそひそとささやき合っている。

「税の取り方を変更するというのだろう。しかし、あの方の思惑通りにいくのかな？」

「……そこまで有能な方ではないだろうよ」

「容姿だけは整っているのだがねぇ」

「あの容姿を有効活用する方法も、考え中なのだろうよ」

皇帝を話題にしているとは思えない会話が耳に飛び込んできて、空《から》になった皿をテーブルから取り上げようとしていたリーゼの手が震える。

ギルベルトはそんな人じゃないと声を大にして言いたかった。

彼は、お忍びで街に出た時でさえ、弱い人間に気を配るのを忘れない。財布をすられたリーゼを助けてくれたように。

けれど、リーゼがそんなことを口にできるはずもなく、ただ彼らの声から耳をふさぐのが精一杯だった。

「リーゼ、果実酒が足りなくなりそうだ。出してもらってきなさい」

そう命じながらハロルドが、目線で「いたか」と問いかけてくる。その問いには首を横に振ると、リーゼは言いつけられた仕事のために急いでその場を離れたのだった。

◇◆　◇◆　◇◆　◇◆

その夜も恐れていたようにリーゼの部屋のベルが鳴った。

それを予感していたから、寝間着には着替えずにお仕着せのまま待機していた判断が正しかったというのはどうかと思うが。

「……何で服を着ているんだ？」

寝間着に着替えてベッドに腰かけていた彼の眉が寄る。

「……寝間着では働けないですから」

「働く？」

「だって……私は侍女ですし……用もないのに侍女を呼びつけたりしないでしょう？」

リーゼの言葉に不満顔になったギルベルトは、乱暴な仕草で側に寄るようリーゼを手招きした。

逆らうことなんてできなくて、リーゼがそろそろと側に寄ると、膝の上に引っ張り上げられる。

「俺にとって、お前はただの侍女なんかじゃない。お前は……とても、大事な存在なんだ。ここにいろ、リーゼ」

ギルベルトの胸に背を預ける形になっているから、彼がどんな顔をしているのかリーゼにはわからない。彼の言葉が何を意味しているのかも。

「……でも……」

何と言えばいいのか、リーゼ自身にもよくわかっていなかった。ギルベルト個人に悪い感情は一切ないけれど——あまりにも不釣り合いな存在だから。

「……恐れ多くて」

結局口から出てきたのは、そんなつまらない言葉でしかなかった。リーゼの本心がギルベルトに伝わったとも思えないけれど。

「……何が恐れ多いんだ？　お前は何も気にする必要はない。全部俺にまかせておけばいいんだ」

背中からかけられる低い声がとても愛《いと》しい。皇帝が相手でなかったら、きっと全力で幸せに酔い痴《し》れることができただろうに。

こんな風に乱れてしまう心をどうすればいいのか、リーゼにはわからない。

「いっそ、お前の荷物は全部ここに移すか」

「あ……それは困り、ます……」

なんだか話の方向性がリーゼの望まないものへと移動しているような気がする。リーゼが身体を捩《よじ》って肩越しに見上げると、額にキスが落とされた。

こんな風にされて喜んでしまうのは間違っている。間違っているとわかっているのに、そうされるとリーゼの胸がきゅっとなる。

「……ここにいろ。命令だ。それで、お前は何が不満なんだ？」

この状況は不満があるけれど、命令、と言われてしまえば逆らえない。

「何がって……」

「俺のことを好いていると思っていたのに」

「……それは」

それきり言葉が出てこない。ふん、とつまらなそうに言ったギルベルトはリーゼを腕から解放した。

「……今夜は気がそがれた」

何事もなく解放されることを望んでいたはずだった。けれど、突き放されれば胸が痛くなってしまう。昨夜は――心のどこかで幸せだと感じていた。

「明日中に、荷物を移せ」

一礼して立ち去ろうとするリーゼに、ギルベルトは言った。

「ここの続きに昔ハロルドが使っていた部屋がある。明日中にそこに荷物を移すんだ」

ギルベルトが何を考えているのかわからない――けれど、リーゼに選択肢なんて残されていなかった。


皇帝の命令で部屋を移動するというリーゼの言葉を、ハロルドは信じられないような顔をして聞いていた。

「……断れ……ないだろうね」

ため息とともに、彼は髪をかき上げる。いたたまれなくなって、リーゼは彼の前で視線を落とした。

「……では、ハロルドさんの方から陛下にお断りしていただけませんか。私、どうしたらいいかわからなくて」

「……私が言って聞くようなお方だと思うかい?」

ハロルドの言葉に、リーゼは首を横に振った。『ハロルド』としてリーゼを連れ歩いていたギルベルトはとても気を使ってくれていたけれど、今の彼からはそんな気配は感じられない。

「でも、わかるような気がするんだ――陛下にとって君は、『皇帝』という立場を離れて知り合った初めての女性だから」

「……何が、わかるんですか？」

「さて、何だろうね……とはいえ、困ったことになったものだ」

リーゼは黙ってスカートを握りしめた。ハロルドが困るのもわかる。

きっと、彼はギルベルトが彼にふさわしい身分の女性を皇妃として迎えるのを期待しているのだろう。

その時に、リーゼがギルベルトの側にいたなら、相手の女性は面白くないだろうけれど、皇帝相手に「あの娘を追い払え」などと言えるだろうか。

「私の方からも、陛下にもう一度釘を刺しておく。君もよけいな期待はしないように……これは前も言ったけれどね」

「……わかってます、そのくらい」

リーゼが皇帝と釣り合うくらいの家柄の出なら、あるいはなんて期待を抱いたりしたかもしれないが、あいにくそんな夢は最初から見ることもできないような立場でしかない。

「期待なんて……していません、最初から」

期待なんてしていないけれど、彼を助けたいと思ってしまったのだ。助けたいと思うくらいならいいだろう――控え室で聞いた貴族達の会話が脳裏によみがえる。

彼らはギルベルトを敬っているように見せかけてはいるけれど、実際には彼のことをどこかで馬鹿にしている気配も見受けられた。そんな人達を相手に皇帝としての威厳を失わずにいるのは、きっと大変なことだろうとリーゼは思うのだ。

リーゼの知っている青年は、とてもよく気のつく人だった。ギルベルトが彼らの発言に気づいていないなんて思えない。

「……私、決めました。必要ないと言われるまで、陛下にお仕えします。必要ないと言われたら……実家に帰ります」

きっと周囲の人達はあれこれ言うだろうけれど、もう決めた。実家に帰って……後は生涯独身でかまわない。ギルベルト以上の人になんて出会えるはずがないから。

どのくらいの期間、側にいることが許されるのかわからない。けれど、どんな形であれギルベルトがリーゼを必要としてくれるのなら応えたいと……そう思ってしまった。

その夜、命じられた部屋に自分の荷物を運び込んだリーゼをハロルドは咎めようとはしなかった。

◇◆　◇◆　◇◆　◇◆

緊張の面《おも》もちで、リーゼは隣の部屋に通じる扉を睨んでいる。そこが、何度か呼び出されたギルベルトの寝室であるのは確認済みだ。

入浴はすませたが、さすがに寝間着になる勇気までは持ち合わせていなかった。自宅から持ってきた私服を着ているのだが――この先どうするのが正解なのだろう。

昨日の彼の様子からすれば、リーゼに腹をたてているように見えた。この部屋に移動するよう命じたのも、腹立ち紛《まぎ》れのような気がしてならない。

彼にとってのリーゼは、珍しいだけの存在なのはわかっている。

けれど、側にいることを許される時間、精一杯彼を支えよう。そう決意すると、少しだけ気が楽になったみたいだった。

きっと、まだ彼は寝室には来ていない。それなら、寝具が快適な状態で整えられているか――ハロルドが完璧に整えているのはもちろんわかっている――か確認しておこう。それを言い訳に、リーゼは隣室に続く扉を開く。

「――何でいきなり入ってくるんだ！」

ベッドに座ってなにやら読んでいたギルベルトが、驚いたような顔をしてこちらを見ている。

「も、申し訳ございませんっ。あの、その……ええと」

ギルベルトがいるとは思わなかったから、はち合わせた時に何と言うのかまでは考えていなかった。

「……まあいいか。明日は出かけるから、お前もそのつもりで準備しておけ」

「出かけるって」

「この間すっぽかしたのはどこのどいつだ？」

「わ……私、すっぽかしてなんか……」

そんなつもりはなかったけれど、たしかにすっぽかしたのはリーゼ自身だ。それ以上何も言えなくなってしまったリーゼに、ギルベルトは寝間着に着替えてくるよう命じた。

「明日は早く出る。もう寝るぞ」

ギルベルトは着替えて戻ったリーゼにそれ以上何もせず、ただ抱きしめて眠った。

◇◆　◇◆　◇◆　◇◆

翌朝、ギルベルトはリーゼにお仕着せではなく、私服を着て城の裏門のところで待っているようにと言った。

——これって、お忍びってことなのかしら。

リーゼは髪を下ろして、青い外出用のドレスに着替える。お忍びならいつもの通り市場に行って、買い物をして、それから川岸に行くのだろう。相手が皇帝なのは忘れていないけれど、『ハロルド』との時間が戻ってきたみたいで、少しだけわくわくする。

「待たせたな」

「……陛下？」

「ハロルドと呼べ。戻ってくるまでは、俺が皇帝ではないと思え」

「……かしこまりました」

裏門から出て、街の方へと向かう。いつだったか、財布をすられてしまった場所を通り過ぎて、市場の方に行くのかと思ったけれど、今日ギルベルトが向かったのは違う場所だった。

「……ねえ、どこ……に行くのですか……行くの？」

相手が皇帝ではないように振る舞うのはなかなか難しい。

「ん？　いや、市場に行く前に寄りたいところがある」

ギルベルトの手がリーゼの手を握る。ただ握るのではなく、指を絡め、親密な繋ぎ方をされてリーゼは頬が熱くなるのを感じた。

「ねえ、へ……じゃなかった。ハロルド。寄るってどこに？」

「リーゼ達は、休みの時はこのあたりに出かけてくるんだろう？」

「……そうだけど」

アドルフィーネ皇女のところで働いていた頃、休みの日になると同僚の侍女達はリーゼをあちこち連れ歩いてくれた。

お菓子やリボン、レースにハンカチ。おしゃべりしながら皆でああでもないこうでもないと店を冷やかして歩くのは楽しかった。

「……あ、あなたが……ついてくるのっておかしいと思うの」

「そんなことはないだろ？　ほら、あいつらも俺達と似たようなものだ」

ギルベルトが目線で示した先には、リーゼ達と同じように手を繋いで歩いている男女の二人組がいる。彼らが一軒の店に入るのを見て、ギルベルトはリーゼを別の店へと引っ張っていった。

「ねぇっ……な、何をっ」

「……買ってやる」

リーゼに断る隙も与えずに、ギルベルトはリボンやレースを商《あきな》っている店に足を踏み入れた。

「……嘘でしょう……」

思わずため息をついてしまう。色鮮やかなリボンや繊細に編まれたレースが店いっぱいに広がっていた。それを使った髪飾りや首飾りも。

「これとかどうだ？」

ギルベルトが髪飾りを一つ、リーゼの髪にあててみる。緑色のリボンでできたそれは、リーゼの目の色と髪の色によく映えた。

「……可愛い、けど……」

緑のリボンとレース。髪につけたらきっと可愛い。

「いや、こっちの方がいいか。今日着てるの青だもんな」

ギルベルトは同じデザインで青いリボンが使われている髪飾りを取って、今度はそれをリーゼの髪にあてる。

「よし、決めた。これにしよう」

「決めたって……待って、ねえ！」

リーゼが袖を引っ張るけれど、ギルベルトはかまわない様子でさっさと会計をすませてしまう。

「……そんな、困るわ！」

「ほら、似合う……鏡を見てみろって」

ギルベルトの手が髪に触れる。リーゼは肩が跳ね上がりそうになるのをこらえた。彼の手が髪に触れただけでぞくぞくする。

「リーゼ」

店に置かれている鏡の前に立ち、ギルベルトは後ろからリーゼの耳にささやいた。

「宝石の方がよかったか？」

彼の本来の身分なら、豪華な宝石だっていくらでも手に入れることができるだろうけれど。

よけいな期待をするなと言われているのを忘れていないのに、そんな分不相応な品を送られても困ってしまう。

それに、彼の手が髪飾りをつけてくれた時、幸せだと思ってしまった。

「……とんでもないっ……その、ありがとう」

ぎゅっと抱きしめられたら、なんだか普通の恋人達みたいな気分になる。そのまま頬に唇を寄せられて、リーゼはくすくすと笑う。静かにキスされたら、とても幸せだった。

こほん、と遠慮がちな咳払いがして店主が二人に指を振ってみせる。

「……悪かったな」

リーゼは真っ赤になってしまったけれど、ギルベルトは平然として詫《わ》びると、リーゼを店から連れ出した。

買い物をすませたギルベルトは、今度はリーゼを連れて今までのように市場へと向かう。

やはりあちこちの店を冷やかして、値段を確認したり交渉したり——それがただの道楽《どうらく》

ではなくて、流通している品を自分の目で確認しようとしているギルベルトのやり方なのだと今はリーゼにもわかる。

あちこちの店をのぞいて回って、今日買ったのは、パンとチーズ、桃。どれも適切な値段で流通していて、問題はない。

「桃は失敗だったな」

川岸に腰を下ろし、汁がぽたぽたと垂れるのをハンカチで拭《ぬぐ》いながら、ギルベルトは苦笑する。

「……本当。ぽたぽたしちゃって大変……でも、おいしい」

市場を歩き回っている間に、リーゼがギルベルトに感じていた距離のようなものは消え失せていた。皇帝ではなく、側仕えの『ハロルド』と一緒に歩いているみたいで——とても、嬉しい。

彼がくれた髪飾りに触りたかったけれど、桃の汁でべたべたになってしまいそうだったからやめた。

「菓子屋に寄って帰るか……こうやって自分の目で見て回るのも、しばらくはできそうにないな」

不意にギルベルトが言う。リーゼは、思わず彼の顔を見つめた。彼は、何を考えている？

彼は、自分の目で姿勢の様子を確認して回っているると思っていたのに。

「……陛下……じゃなかった、ハロルド」

「いや、いい。妹の件もあるしな、当分出るのはやめておこう……もう帰るぞ」

言われてみればたしかにそうだ。アドルフィーネ皇女のことを考えれば、お忍びで出かけるなんてしている余裕はなさそうだ。

菓子屋を経由し、焼き菓子の詰め合わせを買って二人は城へと戻った。裏門を入ったところで二手に分かれ——別々の道を通って皇帝宮へと帰る。

——もっと何かしてあげられればいいのに。

彼がリーゼに期待していることはそれほど多くはないのだろう。そんなことくらいわかっている。

——長続きしない関係だとしても……一緒にいる間だけはもっと彼の役に立ちたい。

そういう風に思うのは、リーゼの僭越《せんえつ》なのかもしれない。

彼がリーゼに期待しているのは、謎の声の持ち主を見つけだすことと……たぶん、一時の気晴らしの相手。

それ以上の感情を持たないようにとは、ハロルドからも釘を刺されている。

「リーゼ」

部屋に戻って着替えようとしたところで、ハロルドに呼び止められた。陰ながら護衛していたようで、今日の彼は、従僕のお仕着せではなくて私服を着ている。

「ご苦労だったね」

「……いえ」

労《いたわ》られるほどのことではない。だってリーゼも楽しかった。

ぽんとリーゼの肩を叩いて、ハロルドは姿を消してしまう。きっと彼も普段の仕事に戻るのだろう。

ギルベルトがつけてくれた髪飾りを外して、大切に引き出しにしまい込む。大切な宝物が増えた。

侍女のお仕着せに着替えたところで、リーゼの部屋のベルが鳴った。慌ててギルベルトの部屋に向かうと、『ハロルド』から『皇帝』に戻ったギルベルトが待ちかまえていた。

「政務に戻る。三時間後に仕事をしながら食べられる食事を執務室に持ってきてくれ。それまでの間は、ハロルドについて回ってできるだけ大勢の声を確認してこい」

「三時間後ですか？」

「先に命じておかないと、絶対に忘れるからな。それと、今日は遅くなる。お前はさっさと寝ろ」

命じ終えた時には、彼は急ぎ足に歩き始めている。リーゼが慌てて先回りして扉を開くと、彼は廊下を大股に歩いていって、あっという間に角の向こうに姿を消した。

リーゼは部屋の中を見回した。『ハロルド』だった時に着ていた一般市民の服はベッド

に放り出されている

「やれやれ。陛下は政務に戻られたみたいだね。リーゼもお疲れさま……陛下と一日一緒で緊張したのではないかい？」

従僕のお仕着せ姿のハロルドが入ってきて、放り出されていた服を取り上げた。

「……最初のうちは。でも、外に出たら相手が陛下だってこと忘れてしまって……」

最初のうちは緊張したけれど、市場を歩き回っているうちにそんなことどうでもよくなってしまって。

川岸で汁をぼたぼた垂らしながら桃を食べている彼は、とてもじゃないけれど皇帝には見えなくて。

……本当に楽しかった、と思ってしまったのだ。

「そうか……それならいいんだ。では、仕事にかかろうか」

「はい！」

ギルベルトへの謁見《えつけん》をもとめる貴族達は、今日も控え室に集まっている。厨房から軽食を取り寄せ、飲み物を用意して控え室に向かう。

リーゼは一生懸命貴族達の会話に耳を澄ましたけれど——宮廷内のあれこれを噂にする貴族達の間に、探している声を見つけだすことはできなかった。

◇◆　◇◆　◇◆　◇◆

仕事を終えて部屋に引き上げたリーゼは、読んでいた本から顔を上げて時間を確認した。もう日付が変わってからだいぶたったけれど、隣室にギルベルトが戻ってきた気配はない。いつ呼ばれてもいいようにと、まだお仕着せを着たままでいる。彼が忙しいのもわかるけれど、少しくらいは寝ておいた方がいいと思う。

執務室をのぞいてみたけれど、そこに彼の姿はなかった。もう自分の部屋に引き上げたのだろうか。

「……陛下。よろしいでしょうか」

居間の扉を叩き、おそるおそる声をかけると、ギルベルトは居間の隅に置かれた机に向かっているところだった。

「今日は休んでいいと言わなかったか？」

不思議そうな顔をして、ギルベルトは入ってきたリーゼを見る。

「……まだお帰りにならなかったから……その、夜もだいぶ更《ふ》けたので……」

「さっきハロルドも同じようなことを言っていたな。だから、こっちに引き上げてきたんだが……おや、もうこんな時間か」

時計を見上げたギルベルトは苦笑した。

「このまま徹夜でもかまわなかったんだがな……区切りもいいし、少し寝るか」

「おやすみなさいませ、陛下」

少しでもいい、彼が横になって身体を休めてくれるのなら、それでいい。リーゼは一礼して彼の前から下がろうとする。

ギルベルトの手が伸び、リーゼの手を掴んだ。

「陛下……？」

「……他人行儀だな？　この間は名で呼んでいたような気がするんだが」

「……それは、そう、かもしれませんけど……でも、立場が」

この間、がいつなのかを思い出せば、顔が赤くなってしまう。リーゼが口ごもると、顎に手がかけられる。逆らわずに顔を上げると、優しくキスされた。

「んっ……」

吐息が零れて、リーゼはギルベルトの背にこわごわと腕を回す。髪を撫でてもらうと、リーゼの背中に甘い疼きが走った。

少し前まで慣れてなんていなかったはずなのに、リーゼの唇は勝手に開いていた。けれど、ギルベルトは舌を中に侵入させようとはせず、リーゼの上唇に沿って舌を滑らせる。ぺろりと舐め上げられて、思わず不満の声を上げてしまった。

「あっ……やんっ」

舐められるだけでは物足りなくて、リーゼの方からギルベルトに唇を押しつける。驚いたように彼が息を吐き出した。

用心深くリーゼは舌を差し出してみる。あっという間に絡め取られて、立場が逆転した。彼の舌に翻弄されて、もう何も考えられない。

「ふ……、あっ……あぁ……」

今度は下唇をなぞられたと思ったら、するりと舌が入り込んでくる。舌が絡み合う淫らな音がして、リーゼの身体からますます力が抜けた。

彼の腕に体重を預けてしまうけれど、そこでキスは中断してしまう。

「……陛下……あの……」

そう呼びかけるリーゼの声は、かすれていた。目が潤んで、唇が半分開いて、蕩《とろ》けた表情をしているのが自分でもわかるから、正面から彼の顔を見ることができない。

「何度教えれば覚える？　ギルベルト、だ」

「でも……」

戸惑いにリーゼの声が揺れる。本当はもっとキスをねだりたい――けれど、自分の方からそれを口にすることはできなかった。

「きちんと呼べるまでお預けだ」

意地悪く笑いながら、彼はリーゼの頬にキスを落とす。もちろん、額や瞼や頬に口づけられるのも嫌ではないけれど……物足りなさに、リーゼは唇を震わせた。下腹部が熱を帯び始めている。キスだけではなくて、もっと感じる場所に触れてほしい。

「……言えよ」

リーゼをからかうギルベルトの方は楽しそうだ。こんなところでも、彼が優位な立場に立っているのはは変わらないらしい。

「……だって」

これからずっとそう呼べと言われても困ってしまう。他の人の前で名で呼ぶわけにもいかないし。

「俺と二人だけの時なら……？」

「……そ……れなら……」

「呼べよ」

低い声で命じられるのは逆らうことができないというだけではなくて、むしろ心地よかった。震える唇が、彼の名を紡《つむ》ぐ。

「……ギルベルト様」

ただ名前で呼ぶだけなのに恥ずかしくて、リーゼの頬が赤くなる。

「あっ」

今度こそ望み通りのキスが与えられて、リーゼの口からは甘い吐息が零れ落ちた。

夢中になって口内を探るギルベルトの舌を追いかける。からかわれていた間は忘れていた下腹部の疼きがますます甘くなってきて、リーゼの身体がゆらゆらと揺れる。

腰から背骨に沿って親指がなぞっていく。かと思えば今度はすぐに撫で下ろされた。

「ギルベルト……様……」

言われるままにもう一度名を口にすれば、胸がとくりと音を立てる。長続きしないとわかっていても、抱きしめられたら幸せだと思った。

「あ、……ん、ちょっと……困ります……！」

ギルベルトの手が素早く動いて、背中のボタンを外し始めていた。慌てたリーゼが身を捩るけれど、その時にはうなじから腰までボタンが全部外されている。

「かまわない」

ギルベルトは笑うけれど、かまう。おおいにかまう。

「……も、だめ、です……たらっ！」

エプロンが床の上に落ちる。続いてワンピースが肩から落とされそうになるのを、手で押さえて阻《はば》む。

「何がだめなんだ？」

耳元でささやかれたら、あっという間に足から力が抜けてしまって、彼の腕に体重を預けてしまう。くるりと回されたと思ったら、次には勢いよく倒されて、天井を見上げていた。

なんて手が早いのだろう。両肩をソファに押しつけられたら、もうどうすることもできなかった。

「んぅ……ん、あっ……」

彼の片手が肩から外れたと思ったら、あっという間に乳房の上を手が這い回る。半分硬くなりかけた頂をギルベルトの指先がかすめて、リーゼの口から吐息が零れた。

ギルベルトは時折その場所をかすめるものの、そこには触れようとはしない。もどかしかったけれど、その先をねだることはできなかった。

必死に上がってしまいそうな声をかみ殺す。指先でその場所をぴんと弾かれて、リーゼの足が跳ねた。

着ていたお仕着せがあっという間に肩から剥《は》ぎ取られてしまう。

こんな場所で下着になってしまうなんて。頬を染めると、薄い下着に包まれて上下している胸元にギルベルトの目が吸い寄せられた。

「……あの、陛下」

「ギルベルト、だ」

リーゼの呼びかけを訂正しておいて、ギルベルトは無造作《むぞうさ》に鎖骨に唇を落とした。

「ギル……ベルト……様……あぁ……」

柔らかくて濡れた舌が肌を這っていく感覚がリーゼの思考を停止させる。残された一枚越しに胸に口づけられて、リーゼは小さく喘いだ。

けれど、彼の唇は、は肝心の場所には触れようとしない。膨らみ全体に口付けた後は、鎖骨に沿ってキスされる。

「んぅ……それ……だめ……そん、な……あぁっ」

大きな手が、腰から上へと身体の線を這っていく。早くもっと上に触れてほしい。自然に身体がくねって彼の手を導こうとしてしまう。

「……ここ」

ようやく、ギルベルトの手が胸にたどり着いた。けれど、いきなり包み込んだりはせずに、下の線に沿って一本の指で撫でられる。

「……いやっ……！」

そうされると、他の部分が反応してしまう。胸の頂は薄い下着を押し上げて、あからさまに存在を主張していた。

「いや、か……」

「違うっ……いや、じゃなくて……」

危害を加えられるとはまったく思わないが、こちらを見下ろしている彼の目がなんとなく怖い。思わず上にずり上がって逃げようとすると、腰を掴んで引き留められる。

「……逃げるな」

「……逃げてなんか……」

「口答えは禁止だ」

この部屋から逃走しようとは思わないけれど、身体が逃げを打ってしまったのは事実。目を閉じて、彼になされるままになっていることしかできない。

「……し、しません……口答え……も……しません……」

震える唇でそうつぶやくと、不意に鋭い快感が身体を走り抜けた。

「あっ……それっ……だめ……！」

下着越しに、胸の先端が摘まれる。今まで彼はそこにほとんど触れていなかったから、ようやく触れてもらえて、甘い痺れが全身に広がった。

「んっ……あっ……」

狼狽してリーゼは首を左右に振る。左右の手で同時に頂を摘み上げられたら、腰のあたりを鋭い快感が走り抜ける。肩がぴくぴくと跳ねてしまって、感じているのを隠すこともできなかった。

「あっ……あぁっ……そこ、しないで……！」

大きすぎる快感は怖い。涙混じりに訴えれば、にやりとした彼は両方の乳首を同時に押し込む。

高い声と同時にリーゼは思いきり背をそらした。足の間が潤み始めているのが自分でもわかる。乱れてしまった息を整えようとしていると、下着が強引に胸の上まで捲り上げられた。

「んぅ……んっ……あっ……！」

先ほどは下着越しに、今度は直接柔らかな膨らみ全体に、ギルベルトは丹念にキスを落としていく。

けれど、触れて欲しがって震えている蕾は無視して、そのすぐ近くにキスを落としてもすぐに離れていってしまう。

もう、リーゼは何がなんだかわからなくなっていた。ギルベルトにもっと触れてほしいのに、彼はその場所だけは無視して違う場所に舌を這わせる。

「……いやぁ……もっと……」

もっと……？　ねだりかけて、リーゼの思考が停止した。自分は今、何を口にしようとしていた？

「ああっ……あぁっ！」

けれど、次の瞬間リーゼの腰が勢いよく跳ね上がる。今までさんざん無視してきた胸の蕾が、ギルベルトの唇に挟み込まれた。

ちろりと舌で硬くなった頂をくすぐられ、泣き声混じりにリーゼは身体を捩る。ソファから床に投げ出された足がばたばたと床を蹴った。

「暴れるな……暴れたら噛んでしまうぞ」

「でも……あぁっ……そんな、されたら……」

胸の頂が舌で転がされ、唇で震わされ、軽く吸い上げられる。

口で愛撫されていない方の頂は、二本の指の間に挟まれていて、左右にひねられたり摘まれたりと右の頂と左の頂で違う刺激が与えられていた。違う刺激が、身体の中心部でぶつかり合って、そしてまた全身に広がっていく。

そんな風にされたら、慣れていないリーゼはどうしたらいいのかわからない。

快感を受け入れたいと思っているはずなのに、身体は逃げようとして左右に激しく揺れてしまう。

「……しかたないな」

どこか楽しそうな声音で言いながら、ギルベルトはリーゼの下着を頭から抜いた。

お仕着せのワンピースが腰まで捲り上げられ、靴が両方床に放り出される。彼は手際《てぎわ》がよくて、拒《こば》む隙も与えられなかった。

「……だって……んぅ……へん……に……っ」

リーゼの言葉は、後半途切れてしまう。ドロワーズ越しに、ギルベルトの膝が秘所に押しつけられる。くちゅりと濡れた音がして、リーゼは真っ赤になった顔に両手を押しつけて隠そうとした。

「……どうした？　顔を隠すんじゃない」

ギルベルトの命令にも、顔を覆ったまま首を横に振ることしかできない。こんなになっているのを知られたくなかった。羞恥の余りに意識が遠のきかけているのを彼は理解しているのだろうか。

濡れた箇所に押しつけられたギルベルトの膝にぐっと力が入る。より一層密着させられたかと思ったら、手が顔から引きはがされた。

そのまま、頭上に持ち上げられ、ひとまとめにされて彼の手でやすやすと押さえつけられてしまう。

「やだっ……やめっ……」

半分泣きそうになりながら、リーゼは懇願した。けれど、リーゼの懇願とは裏腹に、熱を帯びた身体はギルベルトの手を簡単に受け入れていた。

「あ……あぁっ……それ……いやっ」

「嫌、じゃなくていい、の間違いだろう」

手を封じられてしまったから顔を隠すこともできない。完全に硬くなっている胸の蕾はギルベルトの手に触れられると、あらたな悦《よろこ》びをリーゼの身体に送り込んでくる。

「……ちがう……違う、の……」

触れられるのが嫌なわけではなくて、あられもない声を上げてのたうってしまう自分の身体が恥ずかしいのだ、なんてこの状況で説明できる余裕があるはずもない。

身体を捩って快感を逃がそうとすれば、逆にそれが新たな快感を呼び込んでしまう。素肌にソファが触れる感触でさえ、今のリーゼを追い上げるのには十分だった。

「ギルベルトさ、ま……あぁっ……」

腰が疼いて、足の間に置かれているギルベルトの膝に一番感じる場所を押し当てようとしてしまう。

「……変、だから……も、う……」

自分が何を口走っているのかもわからない。両腕を頭上で拘束された不自由な姿勢のまま、リーゼは身体をくねらせる。

「んっ……んぅ……あっ……あぁっ！」

胸の蕾が舌で押しつぶされる。濡れた感触がリーゼの欲望を煽った。

ギルベルトの膝を腿の内側で締め付けるようにして、敏感な箇所に少しでも愉悦を送り込もうとあがく。

「物足りないか？」

「ご……ごめんなさ……」

何が悪いのかわからないまま、リーゼは詫びの言葉を口にしていた。

今まで閉じていた目を開けば、室内は明るい上に、自分はほとんど服を身につけていないというのに、ギルベルトの方はほとんどすべてを身につけている。

「恥ずかし……です……」

乱された服をなんとかかき集めて身体を隠そうとすると、彼がにやりとした。

「あ！」

足の間にギルベルトの手が割り込んできて、狼狽《ろうばい》したリーゼは声を上げる。残されたドロワーズはもう濡れてしまっていて、ぴたりと張り付いていた。

「見ないで……ください……」

彼とこんな風になるのはまだ二回目だというのに、どうしてこんなに身体が反応してしまうのだろう。

ドロワーズを半ば引きずりおろして、ギルベルトが直接触れてくる。柔らかな花弁の合わせ目にそって撫で上げられれば、腰が溶けてしまうような愉悦が身体をわななかせた。溢れた蜜を指がそっと掬《すく》い上げていく。こらえきれなくてのけぞると、胸元にキスが落とされた。

淫芽がひくりと疼いて、リーゼの喉から物足りなげな声が上がる。違う、触れて欲しいのはもっと違う場所。

身体を捩って、息を乱す。自分がどうしようもなく淫らになってしまったように感じられた。

「これじゃ触りにくいな。ほら、足を上げろ」

「えっ、あっ……待って……！」

半分脱がされていたドロワーズがとうとう足から抜かれてしまい、片足が掬い上げられて、ソファの背もたれに膝がかけられる。慌てて上げられなかった方の足を寄せようとするけれど、そちらはギルベルトの膝で遮《さえぎ》られた。

「んぅ……あぁっ……」

花弁を撫でられて、激しい快感が腰を突き抜けていく。リーゼが喘ぐと、ギルベルトは何度も同じ箇所を撫で上げた。触れられる度に、新たな刺激が身体を支配する。

花弁をからかうのに飽きたギルベルトの指が、淫芽をつつく。待ちかねたその刺激に、リーゼの腰が浮き上がった。

蜜を塗り込めるように撫でられれば、快感を追うことしか考えられなくなる。少しでも快感を得ようと、リーゼは身体をくねらせた。

触れられる、背中がしなる、愉悦に身体が震える——少しずつリーゼの身体が熱を帯びていく。

「あぁ……」

吐息混じりにリーゼが身体をくたりとさせると、ギルベルトは自分の上着に手をかけた。上着が床に放り出され、彼はシャツのボタンを一つ外す。下衣もゆるめてから改めてのしかかってきた。

リーゼがうっすらと目を開くと、ギルベルトはリーゼの目をのぞき込んできた。

「ずいぶん覚えがいいな。そんなに俺が恋しかったか」

無言のまま、リーゼは視線をそらす。

ギルベルトが恋しかった――というより、ずっと一緒にいられればいいのにと思ってしまった。そんなこと許されるはずもないとわかりきっているのに。

「入れるぞ、いいな」

いいな、と一応問いかけの形は取っているけれど、彼はリーゼの返事なんて待っていなかった。

「んー……あぁっ！」

身体を貫く刺激に、リーゼは両手を伸ばした。つい先日まで何も知らなかった身体に、ギルベルト自身は大きすぎる。

「ギルベルト様……だめ、きつい……」

「きつい、か……？」

途中まで押し入ってきた欲望の証が引き抜かれる。圧倒的な重量感が失われ、リーゼは思わず吐息を零した。

「……今度は大丈夫か？」

慎重にリーゼの中を探り、今度は半ばまで差し入れられる。きゅっと眉を寄せたリーゼは、大きく息をついた。

「大丈夫、です……」

小刻みに揺さぶりながら、ギルベルトはリーゼの深奥を目指す。根本まで入り込むのに、それほど時間はかからなかった。

「熱い……、です」

そう口にすると、自分の内部がきゅっと締まるのがわかる。彼自身が自分の体内にいるのだと思うとなんだか不思議な気がした。

「熱い、か。俺も熱い」

彼が正式な皇妃を迎えるその日まで……あと何回こんな夜を過ごすことが許されるのかはわからない。

どうしてこんなに好きになってしまったんだろう。

一つになったまま彼は動こうとしなかったから、リーゼの頭もはっきりしてきて他のことを考える余裕が生まれてしまう。

「あ……んっ……」

不意に彼が腰を揺すった。急に動かれるとは予想もしていなかったから、驚いてしまう。

「何を考えている？」

「そ……それは……」

ゆるゆると穿《うが》ちながら、ギルベルトはたずねた。本当に考えていたことを口にできるはずもないから、リーゼは必死に言葉を探す。

「し……あんっ……しあ……わせ……って……」

事実をすべて口にしたわけではないけれど、嘘を言っているわけでもない。本当に幸せだと思った。

「幸せ、か……」

「そう……幸せ……だか……ら……」

リーゼは必死に手を伸ばして、ギルベルトを引き寄せようとする。リーゼに引かれるように顔を寄せてきた彼が、唇に優しいキスをくれた。

体内の彼が一回り大きくなったように感じられ、熱い飛沫《しぶき》が体内を満たしていく。リーゼの上にいる彼が、乱れた息を吐き出して、それだけで泣き出したいくらいの幸福感が押し寄せてきた。

「ギルベルト様……キ、キス……し、て……」

自分からキスをねだるなんて恥ずかしいと思っていたはずなのに、そんなのどうでもよくなってしまった。

微笑んだ彼が顔を寄せてくる。リーゼは目を閉じて、与えられるキスに酔いしれた。しばらくの間、二人はそうやっていたけれど、やがて名残惜しげにギルベルトは身体を離す。

あちこちに散らばった衣服を身につけて、乱れた髪を撫でつけているとギルベルトが背後から抱きしめてきた。

「リーゼ。頼みがある」

「頼みって何ですか?」

「お前の首に下げているそれを、しばらくの間貸してほしい」

「これ、ですか……?」

普段は服の下に隠しているロケットを引っ張り出して、リーゼは首を傾げる。それほど高価な品でもないし、こんなものがたいした意味を持っているようには感じられなかった。

ロケットを首から外し、ギルベルトの方へと差し出す。

「これはどこで手に入れたんだ?」

「元は祖母の持ち物でした。私が気に入ってたからって……その、形見分けで」

「そうか。数日のうちには返す」

ギルベルトがそう言うのなら、数日のうちには確実に戻ってくるだろう。彼を完全に信頼していたから、リーゼはロケットを彼に渡すのに何のためらいも感じなかった。

第五章　宮中にたちこめる暗雲

リーゼがギルベルトの元へ移動してから一月《ひとつき》近くが過ぎた。

彼に渡した祖母のロケットは、約束通り数日後には戻ってきた。彼がそれを何のために使ったのかはわからないけれど。

ギルベルトに来客があれば、茶菓を並べ、彼と来客の会話に耳を傾けるのも与えられた仕事の一つだった。

それから城中どこにでも出入りできる許可証が与えられていた。ハロルドが不自然にならないように何かと用事を作ってくれて、リーゼは城内をくまなく歩き回っては使用人達や、出入りの商人達の声にも耳を傾けている。

――けれど、犯人はまだ見つかっていない。

近頃のギルベルトは、いらついているように見えるけれど、それは犯人が見つからないからだ。犯人を見つけだす手がかりはリーゼが聞いた声だけなのに、何もできないのがもどかしい。

「陛下。お茶をいかがですか」

一つの仕事を終え、次の仕事までのわずかな間――他にできることもないから、リーゼはギルベルトの前にティーカップを置いた。

無言のまま、ギルベルトは置かれたカップに手を伸ばす。一口飲んで、彼は大きく息をついた。

「……まだ、見つからないのか」

「……申し訳……」

「いや、お前が悪いんじゃない。お前一人にまかせるはずもないだろう。こちらでも探索は進めているんだが――」

謝罪の言葉を口にしようとしたリーゼを、ギルベルトは途中で遮った。

「敵もなかなか尻尾《しっぽ》を出さない。このまま計画を頓挫《とんざ》させるわけにはいかないんだ」

アドルフィーネ皇女の婚姻。それは隣国との平和の道であるはずなのに、なぜ途中で辞めさせようとする者が現れるのだろう。

リーゼがその疑問を素直に口にのせると、彼はほろ苦い表情になった。

「……皆が皆、そのように思えたら話は早いんだがな。現状で何らかの利益を得ている者は自分の利益を守りたいだろうし、隣国との仲が良好では困る者もいるだろう」

「難しいですね」

「……そうだな」

そのあたりの話になると、リーゼの理解の範疇外《はんちゅうがい》だ。

どうにかして、平和が続くような道を選ぶことができればいいけれど、と願うだけ。

それでも、ギルベルトの機嫌はよくなってきたようで、カップの中身を空《から》にする頃にはいつもの表情に戻っていた。

「さて、次の書類にかかるとするか。そのカップを片づけてくれ。それが終わったら、控え室の方を」

リーゼのことは頭から追い払ったようで書類を手に取るギルベルトの横顔に、リーゼの目は吸い寄せられた。

仕事を離れた時の彼は、とても優しい。

「陛下！　大変です！　皇女殿下が！」

リーゼがカップを載せたトレイを手に退室しようとしていると、珍しく慌てた様子でハロルドが飛び込んできた。

「何があった！」

新たに取りかかろうとしていた書類を押しやって、ギルベルトは勢いよく立ち上がる。

鋭い声に落ち着きを取り戻し、ハロルドは息をついてから口を開く。

「今日、貴族の御令嬢達を招いてのお茶会が開かれていたのですが――出されるはずだった飲み物に毒が混入されていました」

「飲み物に、だと？」

　唇を噛みしめたギルベルトは、恐ろしい表情になった。何も言えずその場に立ち尽くしていたリーゼが恐怖を感じるほどに。

「全員無事か？」

「……毒味係が気づきましたので、被害はありませんでした」

「……そうか」

　深々とため息をついたギルベルトは、椅子に腰を落とすと背もたれに背中を預けた。

「お前のことだ。もう手は打ってあるんだろうな」

「すぐに飲み物に手を触れる機会のあった者を全員拘束しようとしたのですが……一人、遺体で発見されました。拘束した中に飲み物を運んできた者はいなかったそうです」

　ギルベルトは顎に手をあてて考え込んだ。

「つまり、使用人を殺して入れ替わり、飲み物を出しておいて逃走したということか——この城の中でそんなことが可能なのか？」

「一般の人間が入ろうとすれば難しいでしょうが、貴族の協力があれば、できなくはないと思います。馬車に潜り込ませておくなり、付き人のふりをさせて同行させるなり……考えたくはありませんが、手はいろいろありますからね」

「……そうだな」

ため息をついたギルベルトは、いまだに立ち尽くしていたリーゼに目をやる。

「口外は無用だぞ」

ショックのあまり言葉が喉にひっかかってうまく出てこない。うなずくことで、リーゼは了承の意を表した。

自分の手が冷たくなるのがわかる。リーゼがもっと早く犯人を見つけだしていたら、こんなことにはならなかっただろうに。

「お前のせいじゃない。気にするな」

ギルベルトはそう言ってくれたけれど、役に立てなくて申し訳なさの方が先に立ってしまう。

「……ハロルド。この件については、外に漏らさないようにしろ。一人、控え室の方に回して、お前はこの件の調査にあたれ。リーゼ、お前はハロルドの代理と一緒に控え室に。お前の役割についてはそいつに教える必要はない。声の主を探すことに集中しろ」

いつものように控え室に入り、飲み物や軽食をサービスして回りながら、貴族達の様子を探る。ハロルドの隠蔽《いんぺい》工作は完璧だったようで、皇女の暗殺未遂という大事件があったことなど誰も気づいていない様子だった。

皆思い思いに自分達の話題に夢中で、リーゼはついでのようにその内容にも耳を傾けていく。噂話の中にも何か情報はあるかもしれないと思って——陰謀《いんぼう》についてこんなところで話すことはないのもわかっているけれど。

皇帝への謁見を求めてきた者ばかりだから、皆それぞれ見事な装《よそお》いに身を包んでいて、控え室の中は華やかだった。

この中に皇女を暗殺しようとした犯人が潜《ひそ》んでいるようには思えない。皆の噂話も、仲間達の醜聞《しゅうぶん》や新しいドレスのこと、狩りの予定などばかりで怪《あや》しい情報なんて入ってくるはずもない。

結局、その日もリーゼは探し求めている声に巡り会うことはできなかった。

◇◆　◇◆　◇◆　◇◆

その翌日。リーゼは受け取った手紙を手に困惑してしまった。それは、アドルフィーネ皇女からの茶会への招待状だったのだ。

以前は皇女の元で働いていたとはいえ、声をかけてもらったことさえほとんどない。皇帝のところへ移動した今、皇女から呼び出される理由なんて心当たりがなかった。

招待状の中を確認したハロルドは眉を寄せた。

「……皇女殿下からの招待？　……なぜ？」

「私にもわかりません。お断りするわけにもいかないし……どうしたらいいと思いますか？」

「陛下には私からお話ししておく。指定の時間になったら行きなさい」

皇女殿下がリーゼに何の用があるのだろう。不安に思いながら、リーゼは指定された時間にアドルフィーネの部屋に向かった。

皇女付きの侍女だった時でさえも、リーゼが入室を許されるのは支度部屋までだった。それ以外の皇女の私室には入ったことがなかったから、皇女個人の居間に通された時には目を回すのではないかと思ってしまうくらい驚かされた。

皇帝であるギルベルトの私室には自由に出入りを許されているというか、出入りせざるをえない状況に置かれている。だから、贅沢に調えられた部屋というのには慣れているつもりだった。

しかし、アドルフィーネのような若い女性の部屋ともなると華やかさがまるでちがう。たっぷりと襞《ひだ》をとったカーテンは、鮮やかな赤。壁紙はところどころに金をあしらった花柄で統一されていて、床にしかれた絨毯《じゅうたん》もまた壁紙とぶつからないような柄のものが選ばれている。

細くて華奢な脚のテーブルは真っ白に塗られ、そこには山のように菓子が積まれた三段のトレーと、銀のティーセットが用意されている。飾り棚もソファも白を基調にしていた。

ソファに並べられているクッションにはたっぷりとレースがあしらわれていて、そこに座ってくつろげるのだろうかと疑問に思ってしまうくらいだった。

「急に呼びつけてごめんなさいね」

他の侍女達は隣室に下がらせてしまったから、室内にいるのはリーゼとアドルフィーネの二人きりだった。

顔を合わせることすらほとんどなかった相手に、リーゼの背は思わずまっすぐに伸びてしまう。皇女の兄と関係を持っていたとしても、それとこれとは別問題だ。

「あなたと内密に話したいことがあったのよ。とりあえず座って……あら、お茶ってどうやって淹れるのかしら。ちょうど飲み頃になるようにしてあるはずなのだけど」

一番後にやってきた侍女が置いていった銀のティーポットの隣には砂時計が置かれている。そろそろ砂が落ちきる頃合いだった。

「よろしければ、私が」

座るように勧められたけれど、リーゼは素早く皇女の手からティーポットを取り上げる。銀のティーセットには、繊細な彫刻が施されていて、たいそうな値打ち物であろうことはリーゼの目にもうかがい知ることができた。

「悪いわね。おもてなししようと思ったのに、結局人にやってもらわなければならないんだもの」

そう言って、アドルフィーネは頬を膨らませて見せたけれど、そういう表情をすると年齢より幼い印象が強くなる。華やかな美女ではあるのだが、顔立ちは兄である皇帝ギルベルトそっくりで、眼差しは意志の強さを感じさせる。

「……できました」

ギルベルトのところに行ってから、高位の貴族と顔を合わせることが多かったからだろう。たしかに緊張はしていたけれど、皇女の前でお茶を零すような無様な真似はしないですんだ。

「あなたはそこに座ってちょうだい」

リーゼは指示された場所にそっと座った。アドルフィーネは目の高さまでティーカップを持ち上げると、その縁《ふち》越しにリーゼを観察しているようだった。

「……昨日の話は聞いている？」

「どの話、でしょうか」

アドルフィーネは単刀直入に切り出してきたけれど、リーゼはそこまで正直になることができなかった。彼女がどんな答えを求めているのかわからないから、つい用心深くなってしまう。

「……お茶に毒が盛られていたって話」

驚くべきことに、アドルフィーネはリーゼの前に手持ちのカードをさらけ出して見せた。

皇女ともあろうお方がこんな風にすべてをさらけ出すとは思っていなかったから、どう返したらいいのかわからない。

「聞いていなかったかしら？」

「……いいえ。その場に……私もいましたから」

「そうだと思ったのよ。それなら、話が早いわ」

話が早い……どういう意味なのだろう。

リーゼが次の言葉を待っていると、アドルフィーネはため息混じりにトレーに手を伸ばした。美味《おい》しそうなきつね色に焼けているクッキーを一枚手にとって口に放り込む。その仕草は皇女のものとしては、いささか乱暴過ぎた。

「私の元婚約者の話を知っているかしら。ヨハネス……ヨハネス・イェルマン」

「お名前くらいは存じていますけれど……」

そう言えば、いつだったか、彼から皇女との仲を取り持ってくれるように頼まれたことをリーゼは思い出した。

結局リーゼはあの場から逃走したから、あの後彼がどうなったのかまでは知らない。リーゼにとってはたいしたことではなかったし、彼のことなんて今の今まで忘れ去っていた。

「あら。噂くらいは聞いていないの？　私と彼の婚約破棄の理由とか」

「噂は噂ですし……」

皇女が何を話そうとしているのかまったくわからないから、自然とリーゼの口調も警戒心が滲《にじ》み出たものになってしまう。

「あら、そんなこと気にしなくてもいいのに。そうそう、このサンドイッチをお食べなさいな。侍女って昼食をとる時間もなかなかもらえないのですって?」

「……いえ、そういうわけでもないのですが」

アドルフィーネのところで働いていた時から、休憩の時間はそれなりにしっかりもらえていたと思う。

たまには、衣装の手入れが追いつかないくらい忙しいこともあったけれど、それだって数日中にどうにかすればいいものが大半で、食事を取ることができないほど忙しかった覚えなどない。

ギルベルトの側で用を足すだけではなく、ハロルドに指示をもらってあちこち出歩いているから、今の方が忙しいくらいだった。

「まあいいわ。食べて食べて。私、昼食も食べたのだけど、この時間になるとお腹がすいてしかたがないのよね」

皇女自らリーゼの皿にサンドイッチやケーキを取り分けてくれる。断るのも失礼に当たるだろうからとリーゼも皇女の好意をありがたく受け取ることにした。

「そうそう、話を戻すわね。ヨハネスとの婚約破棄なんだけど、申し出たのは私の方なの。

だって……国の情報をジースリア王国に流していたんですもの。戦時中のそれって裏切りじゃない？」

たしかにそんな噂が流れているのは、侍女仲間達から聞いてはいたけれど、周知のような発言に、リーゼは手に持っていたサンドイッチを取り落としそうになった。

「そ……それは、おつらい経験でしたね」

「それはどうでもいいのよ。だって、私に男性を見る目がなかったってことでしょう？兄は反対していたけれど、彼との婚約を強く望んだのも私なんだもの。相思相愛だって……思っていたのにね」

言葉の最後の方は、消えてしまうのではないかと思うほど弱々しいものだった。

けれど、リーゼが慰めの言葉を必死に探しているうちにアドルフィーネは彼女自身を取り戻していた。

「だけど、私は皇女だもの。そんな相手を夫にするわけにはいかないでしょう？　だって、ヨハネスったら兄を戦死させることまで目論《もくろ》んでいたんだもの。クラウス王本人ではなかったけれど、その周辺に情報を流して、そして……」

「……そんな！」

思わずリーゼは立ち上がってしまった。ギルベルトが戦死——彼が戦場にいた頃はリーゼは彼の側にはいなかったけれど、そんなことが計画されていただなんて今聞いても胸がざわついてしまう。

「……そんなに兄が心配？」

「あのっ、いえっ、そ、そういうわけではっ」

リーゼがあたふたしているのを、アドルフィーネは面白そうな顔をして見ていた。それから、まだ立ったままのリーゼを座るように促す。

「彼の方は納得できなかったのでしょうね。戦争が終わって半年以上たつけれど、私とクラウス王の婚約だって認めていない。少し前にも、どうしても会って欲しいって言われて……庭園で会ったのよ。馬鹿なことをしてるって、自分でもわかっていたけれど」

アドルフィーネの口元が自嘲《じちょう》の形に歪《ゆが》んだ。

「本当のことを言うとね、その前から身の回りでおかしなことが起こっていて……ひょっとすると、彼が関わっているのではないかって思ったりもしたの」

「おかしなことってどんなことですか？」

「そうね、ちょっとした嫌がらせみたいなものかしら。書いたはずの手紙が消えていて、招待したはずのお客様が招待されていなかったなんてことがあったわね。その人、私とヨハネスの婚約が破棄されたことを喜んでいたから――それにハンカチがなくなったこともあったわ。そのハンカチはすぐにヨハネスが届けてくれたんだけど」

「……それって」

思わずリーゼは口を挟んでしまった。それは、皇女と会いたいが故《ゆえ》のヨハネスの計画なのではないだろうか。

リーゼに皇女と会う機会を作ってくれなどと頼むくらいだ。もし、他の侍女が彼に同情したとしたら、招待状やハンカチを盗み出すことくらいわけないはずだ。

その場合はリーゼの同僚ではなくて、もっと皇女の身近に仕えている侍女が手を貸したことになるのだろうけれど。

「わかってる。ヨハネスがやったことだと思うのよ。協力者も目星はついてないわけじゃないの。今この時期に辞めさせるのも角が立つから見てみないふりをしている……けれど」

リーゼの前で、皇女は深々とため息をついて冷めかけたティーカップの中身を口に含む。ついでのようにクッキーにも手が伸びた。

「最近、私が落馬したのは聞いてる?」

「はい。あの日は……皇女殿下の衣装のお手入れをしていたらあんな騒ぎになってびっくりしました」

「……実はあの落馬、事故ではなくてね」

「どういうことですか?」

「馬具に細工がされていたの。負担がかかったら、切れるように。それで馬を御《ぎょ》せなくなって、落ちてしまったというわけ」

何でもないことのようにアドルフィーネは言うけれど、リーゼは目を丸くしたままその場に固まってしまった。あの日、そんなことがあったなんて想像もしていなかった。

「……そんなに驚かないでちょうだい。うまく落ちたから、腰をちょっと打ったくらいですんだんだし」

「でも、とんでもないことです！」

たしかにうまく落ちたから怪我はしなかったかもしれない。けれど、一歩間違えればアドルフィーネは重傷を負っていたかもしれないし、もっと悪い想像なんていくらでも浮かんでくる。

「そうね。私もそう思うわ。ただの嫌がらせなら笑ってすませてもいいけど、命の危険があるのは困るもの。だから――ヨハネスと会ったの。庭園の四阿《あずまや》で……彼を問いただしたわ。もちろん、彼は否定したけれど――落馬を仕組んだのは彼で間違いないと思うの」

「皇女殿下を殺そうとしたってことですか？」

「違うんじゃないかしら。たぶん、彼の計画では、私を助け出して恩を売るつもりだったとかそんなところじゃないかしらね。だって、あの次の日には彼も参加する乗馬の会を開く予定だったんだもの。あの日、急に乗馬に出かけたのは私の気まぐれだから」

「……そう、だったんですか……」

アドルフィーネの話がどこに向かおうとしているのか、リーゼには見当がつくような気がした。おそらく、彼女はヨハネスを怪しいと思っているのだろう。暗殺計画があることは、ギルベルトの意向で彼女には知らされていないはずだ。

「……最後は喧嘩《けんか》別れみたいになっちゃって、さんざんだったわ。ショールも忘れてしまったし……無事に見つかったからよかったけれど」

リーゼが皇女暗殺計画を聞いてしまったあの日、皇女はヨハネスと会っていたということになる。ならば、人払いをしたことも納得できる。

「あれから馬鹿なことは言ってこないし……終わったと思っていたけれど、昨日の騒ぎでしょう？　もう、どうしたらいいのかわからなくなって」

「……陛下には、お話なさらないのですか」

「兄には言いたくないのよ。だって……元からヨハネスのこと、あまり好きじゃなかったんだもの。男を見る目がないって何度も言われたし。婚約にこぎ着けたのだって、私が強引に押しきったのよ。今さら言えるはずないでしょう？　だから、あなたから……その、兄に伝えてもらえないかと思って」

「私が……ですか？」

そんな風に言われてリーゼは困ってしまった。リーゼはただの侍女で、こんな大事《おおごと》に関われるような立場ではない。

たしかに今は、ギルベルトの手助けになればと城内をちょろちょろしてはいるけれど、

それだって偶然計画を耳にしてしまって、犯人の声を知っているのがリーゼだけだからという理由でしかない。

「だって、あなた兄の恋人なんでしょう？　侍女なんて名目で側においてるけど」

「な、な、何を！　何てことをおっしゃるんですか！」

狼狽したリーゼの手が、ティーカップをひっくり返してしまう。幸い中身は空《から》にしていたからよかったけれど、銀器が触れ合ってがしゃがしゃという耳障《ざわ》りな音がした。

「あら、違うの？」

「ち……ち……違います……」

耳が熱い。きっと顔が真っ赤になっているはずだ。ひっくり返したティーカップを慌てて元に戻す。

「だって、あなた兄の隣の部屋にいて毎晩一緒に寝ているのでしょ？　宮中では、ものすごい噂話になってるのに」

その言葉を聞いたリーゼは、今度こそ完全に固まってしまった。

まさか、そんな噂話が広まっているとは思わなかった。

リーゼがギルベルトの寝室の隣にある部屋を与えられているのは事実だし、そこにいるよりもギルベルトの寝室にいる方が長いというのもまた否定できないけれど。

「あの、わ、私……」

とんでもないことになってしまった。目を見開いたまま動けないでいるリーゼに、皇女は興味深そうな視線を向ける。

「誰も責めてなんかないのに——私は喜んでいるのよ？　どれだけ縁談を薦められようが、素敵な令嬢を紹介されようが、がんとして撥《は》ねつけてきた兄がようやく誰かに興味を持ったんだもの」

「でも……」

リーゼは本当に困ってしまった。たしかに限りなくギルベルトに近い位置にいるのかもしれないけれど、堂々と恋人だと名乗ることができない立場なのも重々理解している。

「……違うの？」

アドルフィーネは優雅な角度で頬に手をあて、リーゼを見つめている。

そんな風に見つめられて困ってしまった——だって、リーゼとギルベルトは皇女が考えているような関係ではない。

リーゼが困り果てているのを見たアドルフィーネは、軽やかな笑い声を上げて退室の許可をリーゼに与えたのだった。

とんでもないことになったと青ざめながら、リーゼはアドルフィーネの部屋を後にした。

城内をあちこち歩き回っていたというのに、そんな噂話があること自体まったく気がついていなかった。

「リーゼ、こんなところで会うなんて……もう、ここには戻ってこないのかと思っていたわ」

廊下を歩くリーゼに声をかけてきたのは、以前は一緒にアドルフィーネの衣装係として働いていたクララだった。

リーゼが皇帝のところで働いている使用人に与えられる濃茶のお仕着せを着ているのに対し、クララは皇女の使用人に与えられる灰色のお仕着せ——以前はリーゼも着ていたもの——を身につけている。

「戻ってきたわけじゃないの。皇女殿下に……その、呼ばれたから」

クララの前で、アドルフィーネが今置かれている立場について説明するのははばかられた。だから、適当に言葉を濁《にご》して立ち去ろうとすると、クララはリーゼの腕を掴んで引き止めた。

「……ねえ、どうやって陛下に取り入ったの？」

今まで仲良くしてくれていたクララの口から、そんな言葉が出るなんて考えても見なかった。どう返事をすればいいのかさえわからないリーゼにクララは苦々《にがにが》しげな言葉を投げつける。

「どうやって、陛下に取りいったのかって聞いてるのよ！　お城にいる皆が言ってるわよ、あなたが陛下に取り入って愛人になったたって！」

「愛人、だなんて……そんな、そんなつもりじゃ」

今まで考えても見ない方が愚《おろ》かだったのだが、そんなにギルベルトとの間のことは広まっているのだろうか。こちらを睨んでいるクララの表情は、リーゼが見たことのないものだった。

「じゃあ、どんなつもりなのよ？　陛下のすぐ側にお部屋を頂いて、毎晩陛下に呼ばれてるって愛人じゃなかったら何なの？」

「……だから、それは」

クララの言葉は間違ってはいない。

リーゼはギルベルトに恋心を抱いているけれど、それが未来に繋がらないことなんてよくわかっている。リーゼが今の立場を許されるのは、ギルベルトが正式な皇妃を迎えるまで——結局それは、周囲から見れば『愛人』だ。

ぽんぽんときつい言葉を投げかけられて、リーゼは泣き出したくなってしまった。瞳にじわりと涙が浮かぶのを見たクララは、ようやく手を離してくれる。

クララが、なぜそんなに怒っているのか、リーゼにはまったくわからなかった。

「だって……私、……本当に何も……」

他に何て言えばいいのだろう。目元をごしごしとこすって、滲《にじ》みかけた涙を強引に追いやると、リーゼは逃げるようにその場を立ち去った。

目を合わせれば『愛人』という言葉を投げつけられそうで、城内の人と顔を合わせるのは気まずかった。皆、クララと同じようなことを考えているような気がして。

ギルベルトの元に戻るまでに、平常心を取り戻さなければならないのに。何とか気持ちを立て直すことに成功したと思ったのに、執務室で顔を合わせたギルベルトはリーゼの浮かない表情にすぐに気がついてしまった。

「……どうした？」

「何でも、ありません。その」

クララに言われたことを、ギルベルトに伝えるつもりはない。それはリーゼが自分で処理しなければならないこと。

今の状況を後悔なんてしていない。

『ハロルド』に出会って、『ギルベルト』の側にいると決めた。ここから去ることになっても、彼と過ごした日々は、絶対に忘れたりなんてしない。

皇女の暗殺を企む者を探すという緊迫した中で過ごした日々だからなおさらだ。

「皇女殿下のお話が……あまりにも衝撃的で」

リーゼはアドルフィーネから聞かされた話をギルベルトとハロルドの前で繰り返す。それで二人とも納得してくれたようだった。

「……あいつ！」

リーゼの話を聞き終えたギルベルトは、いらだたしそうに拳《こぶし》をデスクに打ちつけた。

「……捉えますか」

「簡単には動けないだろう。あいつも公爵家の跡取りだぞ。下手に動けば――よけいな争いを招くことになりかねん」

ヨハネスがアドルフィーネに嫌がらせをしていたり、落馬を計画していたり――というのはあくまでもアドルフィーネの推測でしかない。証拠もないのに、告発なんてできないのだ。

「……ハロルド、あいつを見張らせろ。絶対にまた何かやるはずだ」

ギルベルトは、厳しい声音でそう命じ――ハロルドは即座にその命令を実行に移したのだった。

◇◆　◇◆　◇◆　◇◆

一日の仕事を終えたギルベルトは、寝間着の上からガウンを羽織っているリーゼをベッドに引き倒す。ベッドに仰向けに倒れ込んだリーゼにのしかかるようにして彼はリーゼの目をのぞきこんできた。

「……あのっ」

何度一緒に夜を過ごしても、何度肌を重ねても。こういう風に間近で見つめられるのには慣れることができない。

整った彼の顔がすぐ側にあって、それだけでリーゼの頬がかっと熱くなる。真っ赤になっているリーゼの頬を、ギルベルトは指先でつついた。

「お前はすぐ赤くなるから面白いな」

「……面白いって……」

面白い、と言われると少し違うような気がしてしまう。

リーゼはギルベルトの下でどきどきすることしかできないけれど、世の中の恋人達はこんな時どう振る舞うのだろう。

赤くなった頬を隠すように、リーゼは顔を横に向ける。そうすると、頬に手をあてて引き戻された。

「俺と一緒にいる時に、よそ見するな」

「よそ見するなと言われても……そんなに近くにいたら……」

「そんなに近くにいたら？」

リーゼが言葉を途中で止めてしまったから、ギルベルトは続きを促すようにリーゼの発言を繰り返した。

「……恥ずかしい、です……」

長い沈黙の後、ようやくそう絞り出すと、彼はリーゼの頬を撫でてくれる。きっと、本物の恋人達はこんな風に振る舞うのだろうな、と思えばリーゼの胸が疼いた。

——考えてはだめ。今の立場で満足しなきゃ。

リーゼは必死に自分に言い聞かせる。昼間投げつけられた言葉を思い返せば、今感じた疼きとは違う痛みが胸を刺すから、考えないようにしなければ。

「……そんなものか？」

不思議そうに言いながら、ギルベルトはリーゼの瞼にキスを落とした。そうされると、今度は胸のあたりが温かくなってきて、ころころと変わる自分の気持ちをリーゼ自身も持て余してしまう。

「前から思ってたんだが、お前の目は綺麗な色だよな」

「……そうでしょうか」

リーゼのエメラルドグリーンの瞳は、好奇心を隠すことができないと実家にいた頃はよく叱られていた。立派な淑女になりたいのなら、もう少しおとなしくしなさいと。

本当は自分の目は少し大きすぎるような気がして好きではない。ただでさえ子供っぽく見られがちなのに、目の大きさがそれに拍車をかけているのだから。

「それに、お前の気持ちが全部目に出るから、嘘をついてもすぐにわかるのがいい」

「私……嘘なんか……」

リーゼの目を見つめていたギルベルトが身を起こす。

リーゼも起きあがるようにうながすと、並んでベッドに腰をかけた彼は、リーゼの方ではなく正面の壁の方を見つめながら問う。

「それなら、今日は何があった？　お前がそんな風に元気がないのは珍しいことだろう。アドルフィーネのことだけが理由じゃないだろう」

「……別に、そういうわけでは」

そうは言ったけれど、自分でも空々《そらぞら》しいと思わずにはいられなかった。震える声が、リーゼの意志を裏切ってしまう。けれど、ギルベルトに何て言えばいいのだろう。

下級貴族のくせに、皇帝の愛人におさまったとののしられました——なんて言えるはずない。

「困ったことがあるなら、俺に言え。たいていのことなら片づけてやれるから」

「それは知ってますけれど、そうじゃないんです。ギルベルト様。ちょっと悩んでることはあるんですけど、それは……私が自分で解決しないといけないことなんです」

「……そうか？」

ギルベルトはまだリーゼの言葉を信じてくれたわけではなさそうだった。けれど、これ以上重い空気を引きずりたくなかったから、リーゼは笑顔を作ろうとする。

「……ギルベルト様にだって、解決できないことはあり——きゃあ！」

笑いに紛《まぎ》らわせようとすれば、もう一度ベッドにひっくり返された。

次に何をされるのかわからずにリーゼが首を縮めていると、ギルベルトは思いがけない問いを投げかけてきた。

「そういやお前、舞踏会用のドレスなんて……」

「ドレス、ですか？」

ギルベルトが上にいるという体勢にもかかわらず、リーゼは眉をぎゅうっと寄せた。

「そんなものは持ってないです。私の生活には必要ないので……」

「……そう……だよな……」

困ったような顔をして、ギルベルトが言う。

「あの、ドレスが必要になるようなことが……？」

「まあな。明後日開く舞踏会、お前も出てもらおうかと思って」

「ちょっと待ってください！」

今、どさくさ紛れにギルベルトがとんでもないことを口にしたのを聞き逃すはずもなかった。

「舞踏会って、私が、ですか？」

「……何か問題が？」

「大ありです！　私そんなところに出られるような身分じゃ……！」

「まったく身分身分ってうるさいな」

つまらなそうな顔をして、ギルベルトはリーゼの髪に指を絡めた。

「お前はそんなことを気にしなくてもいい。俺に全部任せておけばいいんだ――それより、女の着る物なんかわからないからな。アドルフィーネに聞いて――」

「ギルベルト様！　あの！　私の話聞いてますか？」

「聞いてない……よし、寝るぞ」

慌てて抗議するリーゼを、ギルベルトは上掛けとシーツの間に引っ張り込んで明かりを消した。

「……ギルベルト様っ！　あっ……もうっ……」

ギルベルトの手足に絡め取られたら、もう抵抗なんてできない。暗くなった部屋の中にリーゼの甘い声が響き――やがてしんとなった部屋の中、満足したようにギルベルトがリーゼの名を呼ぶ。

柔らかなベッドの中、リーゼはギルベルトの方に少しだけ身を寄せた。

舞踏会なんて言葉は、城に上がってからのリーゼにとっては、仕事が何倍にも増えるということしか意味していなかった。

◇◆　◇◆　◇◆　◇◆

アドルフィーネが舞踏会に出席するとなると、新しいドレスを仕立てることもあれば、手持ちのドレスを出すこともある。

招待客と規模によって事前にある程度絞《しぼ》ることはできるけれど、当日の天候、気温、さらにはアドルフィーネの気分で何を着るのかは当日になってみなければわからない。

そんなわけで、舞踏会の日には支度部屋には何着ものドレスが並べられるのだ。

衣装係をしていた頃のリーゼは、舞踏会当日ともなると朝から皇女のドレスを確認し、万が一取れかけているレースやほつれた糸を見つけたならすぐに手入れをし、という作業に追われていたものだった。

今、リーゼの目の前にはその時と同じような光景が作り出されている。

これだけのドレスをどこから持ち出してきたというのだろう——色鮮やかなドレス、ドレス、ドレス。花やビーズやリボンやレースで飾られたドレスが所狭しと並べられている。

「あの、これは」

「お前がドレスを持っていないというから……時間がないから今回は既製品だ」

「ですから、そういう問題ではなくて……」

部屋の隅に控えている女性にリーゼは目を向ける。見たことのない顔だけれど、何本も針の刺さった針刺しを左腕につけていることから、仕立屋なのだろうと推測《すいそく》する。

さらには彼女の助手らしい人まで控えているのを見て、口を閉じることにした。これ以上、ギルベルトに逆らっても無駄なのだろうし。

「その娘が一番美しく見えるドレスを選んでほしい。俺は仕事に戻るから、決まったところで呼んでくれ」

「かしこまりました、陛下」

さすがは専門家、というべきなのか仕立屋もその助手達もギルベルトとリーゼの関係を探るような言葉は口にしない。一礼して出ていくギルベルトを見送った後は、てきぱきと仕事に取りかかる。

「……右の端とその隣……それは下げちゃってちょうだい。次の一枚は残して、その次も下げましょう」

リーゼの肌色と布地の色を照らし合わせて、合わないものはどんどん下げられていく。

それから、何着かのドレスをリーゼの胸に合わせてみて確認した結果、最終的に選ばれたのは白とクリーム色のドレスだった。

胸はフリルで飾られていて、胸のラインをより強調するように仕立てられている。

ふわりと広がったスカートは白い布地とクリーム色の布地を何枚も重ねたもので、共布で作られた花飾りがスカートのそこかしこにちりばめられている。ドレスと同じ素材の髪飾りもセットで用意されていた。

「……悪くないな」

ドレスを選び終えたからと使いがやられて、戻ってきたギルベルトは、部屋の中央で立ち尽くしているリーゼを見てうなずいた。

「明日の午後までに間に合わせてくれ」

「もちろんですとも」

自信満々と言った様子でうなずいた仕立屋は、助手達に作業を始めるように命じる。リーゼがじっと立っている中、あちこちにピンが打たれ、身体に合うよう補正されていく。

このドレスは何のために用意されたのだろう。明日の舞踏会に、なぜギルベルトはリーゼを連れて行こうとするのだろう。

疑問はいろいろあるけれど、それを口に出すことは許されない。リーゼはじっと立ったまま、仕立屋達になされるままになっていることしかできなかった。

第六章　夢のような時間

いくら既製品のドレスを直すだけとはいえ、とうてい間に合うなんて思えなかったのに、どんな魔法を使ったというのだろうか。

　翌日には、仕上がったドレスがリーゼのところへ届けられた。リーゼが見たこともない侍女達が動員されて、リーゼに身支度をさせていく。

　化粧を施し、髪を結《ゆ》い……完全に支度を終えたところでようやく鏡を見ることを許されたリーゼは、呆然と鏡の中を見つめる。そこに映っているのは見たこともない自分の姿だった。

　自然に渦《うず》を巻いている金髪は、上半分だけを結い、そこにドレスとセットの髪飾りが飾られている。下半分はくるくると渦を巻いて背中の半ばまで流れ落ちていた。

　昨日はサイズが合わないところもあった既製品のドレスは、リーゼの身体に合うように直されている。胸元に重ねられたフリルが胸を大きく見せ、ふわりと広がったスカートは腰の細さを強調している。

真珠とダイヤモンドをあしらった首飾りと耳飾りは揃いのものだった。ずしりとした重みは、それが高価な品であることをまざまざとつきつけてきて緊張してしまう。

けれど、そうやって着飾った姿は、それほど悪いとも思えなかった。侍女達があれこれ相談しながら化粧してくれたおかげか、いつもより少しだけ大人っぽく綺麗に見える。

これならギルベルトの隣に立って釣り合いが取れるとまではいかないにしても、ひどく見劣りするということはなさそうだ。

「……あの、陛下」

どうして着飾らされているのか理由を知らされないまま、リーゼはギルベルトの前に連れて行かれた。

リーゼの装《よそお》いが白を基調としたものならば、ギルベルトの装いは黒を基調としたものだった。黒の上着には金と銀で細やかな刺繍が施され、彼の容姿を引き立てている。

「よく似合っている」

ギルベルトが微笑みかけて、手を差し出した。

「……私、本当にご一緒しても……?」

夢を見ているのかもしれないとリーゼは思った。侍女になってから盛装したギルベルトを見る機会は何度もあったけれど、彼の着替えを手伝う時だけだった。

こんな風に並ぶことが許される日が来るなんて信じられない。

「俺が連れていくと決めたからいいんだ。ほら、手を出せ」

ギルベルトが手をさしのべてくれて、リーゼは彼の手に自分の手をゆだねる。手袋をはめた指先がかすかに震えているのに彼は気がついたようで、指が優しく握りしめられた。

そのまま舞踏会の会場に連れて行かれるのかと思っていたら、違っていた。

皇帝が政務を執《と》るのに使う皇帝宮に設けられている謁見のための小広間。そこで待っていたのは、リーゼの父より少し年上のように見える初老の男性だった。

「リープシュタイン侯爵。リーゼ・フロイデンブルク嬢だ」

「これはこれは……たいそう可愛らしい」

リープシュタイン侯爵は、リーゼを見て目を細める。慌ててリーゼはスカートを少し持ち上げて正式のお辞儀《じぎ》をした。

彼の顔立ちに見覚えがあるような気がするけれど、どこで見たのかは思い出せない。

「リーゼ・フロイデンブルクです。どうぞ、よろしくお願いいたします」

「リーゼ。今日は侯爵にエスコートをお願いしてある。彼と一緒に先に広間に行っているといい。俺は後から行く」

そう言うなり、彼はリーゼを残して出て行ってしまった。

いきなり知らない人と二人きりにされて不安になってしまう。困ってしまったリーゼが何も言えずに侯爵を見つめると、彼はもう一度微笑んで見せた。

「……話に聞いていたとおり、可愛らしいお嬢さんですね。今日のドレスもよくお似合いだ」

「こ、これはあの、借り物で……私、本当ならこんな場には……」

そう口にしかけたリーゼに向かい、侯爵はそっと首を振る。彼は自分の唇に人差し指をあてて、それ以上は口にしないようにと身振りで示した。

「陛下は――あなたが大切なのでしょうね。見ていればわかる」

その言葉には、リーゼは何も言えなかった。ギルベルトからは、過分な好意を受けているけれど――自分が彼の好意にふさわしくないのはよくわかっている。

「では、お手をどうぞ……お嬢さん」

冗談めかした口調で言われれば、リーゼの気も少しだけ楽になった。優雅なドレスの裾《すそ》をさばくのにもすぐに慣れて、リープシュタイン侯爵の連れとして舞踏会の会場に足を踏み入れる。

二人が会場となっている広間に入った時には、音楽が奏《かな》でられ、多数の人が集まっていた。

「おや、リープシュタイン侯爵。このような場においでになるのは珍しいですね」

侯爵の存在に気がついた貴族達がすぐに二人を取り囲む。

「そちらのお嬢さんは？」

「私の遠縁の娘でしてね。そろそろ適齢期なものですから……いい出会いがあればと思いまして」

「……なるほど。可愛らしいお嬢さんだ」

「それで、わざわざ出ていらしたんですね」

遠縁の娘などと紹介されて、リーゼは驚いてしまったけれど、侯爵が誰にも気づかれないようにリーゼに向かって目配せするから口を閉じた。

この場にいる貴族達がリーゼに向かって好意的な目を向けるのは、侯爵の縁続きということになっているからで、本当の身分を知られたらこの広間から追い出されかねない。

「ほら、リーゼ。ご挨拶しなさい」

マナーの復習をする時間があればよかったのに。こわばった笑みを浮かべながら、リーゼはリープシュタイン侯爵を取り囲んでいる貴族達に挨拶をした。

ぎこちない仕草になってしまったけれど、彼らの目には逆に好意的に映ったようだった。

「こんな可愛らしいお嬢さんがおいでと知っていたら、甥の結婚を一年待たせたものを」

「今度の舞踏会には出席するよう、孫に伝えておきましょう」

雑談をかわしているうちに、一人がふれの声に気づいて注意を向ける。供《とも》の者を連れて入ってきたのはギルベルトだった。先ほど見たばかりの盛装が、リーゼの目にまぶしく映る。

皆が色とりどりの衣装を着ている中、ギルベルトの黒は逆に目立って見えた。

ギルベルトが皆の前に立つと、音楽もざわめきも消えた。皆、皇帝である彼が発する言葉に注目している——たとえ、陰ではどれだけギルベルトのことを軽んじていたとしても。

「皆、よく集まってくれた。一月《ひとつき》後には、アドルフィーネの婚儀が行われる。今日が彼女と顔を合わせる最後になる者もいるだろう。今夜は楽しんでほしい……音楽を」

ギルベルトが手を振ると、楽士達が音楽を奏で始める。それをきっかけにして、男女の組み合わせがフロアへと出ていく。

「……侯爵様は踊らないのですか？」

「この年になると、フロアに出るのはなかなか厳しくてね。それにあなたを一人にしておくわけにもいかないし」

どうして侯爵はリーゼのエスコートを引き受けてくれたのだろう。彼は、その点については何も説明しようとはしなかった。

小さく笑う侯爵に、リーゼは好意を覚えた。彼がギルベルトとリーゼの関係を知っているであろうことは予想がつくけれど、リーゼを蔑《さげす》むわけでもなくてこうして普通に相手をしてくれるのが嬉しい。

不意に二人を囲んでいた人の輪が崩れて、ギルベルトが顔をのぞかせる。

「侯爵、リーゼを借りるぞ」

きちんと申し込んでくれるわけでもなく、強引にリーゼの手を取って、彼はフロアへと出た。

ギルベルトが最初のダンスの相手にリーゼを選んだのは、集まっている貴族達にとっては大問題だった。特に結婚適齢期の娘を持つ貴族達や、ギルベルトの花嫁候補者達の視線が鋭くリーゼに突き刺さる。

「うつむくな。お前は堂々としていればいい」

「……でも、あの……私レッスンもしばらくしてなくて」

実家に帰ったらやり直すことになるだろうと思っていたけれど、城でつとめている間は、ただの衣装係だからダンスの練習なんて必要なかった。きちんと踊ることができるのか、心配になってしまう。

「まかせろ」

ぐいと引き寄せられたら、あっという間に正しいポーズを取らされている。

彼の顔を見つめると、ギルベルトの口角がわずかに上がった。

彼と密着する機会はいくらでもあったけど、二人きりの時だけだった。人前で堂々と寄り添う——今を堂々と言っていいのかはわからないけれど——のは初めてだった。

そこから先は夢を見ているみたいだった。

リーゼは何も考える必要がなく、ただ彼に身を任せていればよかった。ステップを踏む、ターンさせられる、彼の方へと引き寄せられる——ずっと練習していなかったのに、身体の方は忘れていなかったみたいだ。

「練習していないわりには悪くない」

「……事前に言ってくださったら練習……いえ、何でもありません」

事前に言ってもらったところで、練習している時間なんてあるはずない。リーゼはあちこち歩き回って、声の主を探さないといけないのだから。

ダンスは嫌いではないし、相手がギルベルトなら終わって欲しくないと思ってしまう。こんなに素敵なドレスを着て、彼と踊る機会を与えてもらえるとは思わなかった。潤んだ目で見上げれば、こちらを見つめているギルベルトの目と合う。

「どうした？」

こんな時間を用意してくれるなんて——喜びのあまり滲みかけた涙を、瞬きを繰り返すことで振り払う。

「……とても嬉しくて」

「そうか——喜んでもらえたなら、いいんだ」

気まずそうにギルベルトは視線をそらす。それが、彼の照れ隠しであることをリーゼは見逃さなかった。

生まれて初めて恋をした。そして最高の時を過ごした。

彼と過ごすことのできる時間が残り少ないのはわかっているけれど、この夜のことはきっと一生忘れないだろう。

一曲目が終わったところで、ギルベルトはリーゼをリープシュタイン侯爵の元へと送り届け、自分は列をなして待っている他の令嬢達の方へと向かっていく。

彼が青いドレスを着た令嬢を連れ出すのを眺めながら、リーゼは息をついた。彼がどうして自分を最初に連れ出したのかはわからないけれど、楽しかった時間はもう終わりということらしい。

目立たない場所に引っ込んでいると、侯爵はいろいろな話をリーゼに聞かせてくれた。

リープシュタイン侯爵の叔母にあたる女性がずいぶん前に行方不明になったのだが、その女性とリーゼはどことなく似ているらしい。

「その女性は見つからなかったのですか？」

「ずいぶん探したと聞いているが……見つからなかったと聞いているよ。父はいまだに諦めきれなくて、少しでも情報があれば自分で足を運んでいたりはしているのだが」

「まあ……見つかるといいですね。私も見つかるようにお祈りします」

「それは心強いね」

そう言って笑ってくれる侯爵の顔には、やはりどこか見覚えがある。どうして見覚えがあるのだろうと考えていると、くすくすと笑う声がした。

「これはこれは皇女殿下……失礼いたしました」
恭《うやうや》しい仕草で、リープシュタイン侯爵はアドルフィーネを迎えた。
「そのドレス似合ってるわよ。兄が一番ひいきにしている仕立屋を教えろと言ってきた時は驚いたけれど」
それを聞かされたリーゼの方こそ驚いてしまった。たしかに高価なドレスばかり扱って
いる仕立屋なのだろうとは思っていたけれど、まさか皇女のドレスまで扱っていたとは。
アドルフィーネの方は、鮮やかな赤いドレスを身につけていて、今日もとても艶《あで》やかだ。
「兄が私に相談してくるなんて珍しいもの。もっと前から言ってくれないとって兄には言
ったんだけど。何とか間に合ってよかったわ」
本当にアドルフィーネに相談を持ちかけていたとは思わなかった。
ぽかんと口をあけてしまいそうになり、慌てて口を閉じて表情をとりつくろったリーゼ
に、アドルフィーネはもう一度笑いかける。
「さあ、私はもう行くわ。婚儀がもうすぐでしょ？　明日からはジースリア王国について、
急いで復習しなければならないのよ」
供《とも》の者を連れて、アドルフィーネは舞踏会の広間から出て行く。
有力貴族に連れてこられ、皇帝の最初のダンスの相手をつとめ、皇女とも親しく話をし
ていたリーゼには、会場中からちらちらと視線が送られていた。

その視線に気づいてしまうと、いたたまれなくなってしまう。

「リープシュタイン侯爵」

そっと二人に近づいてきたのは、ハロルドだった。

いつも身につけている侍従のお仕着せではなく、会場内にいる給仕達と同じような格好をしている。

「リーゼを連れて会場を出るようにと陛下のご命令です。謁見は後日改めて、と。私がご案内いたします」

「わかった。では、リーゼ。そろそろ帰ろうか」

リーゼは何も聞かされていないけれど、ギルベルトと侯爵の間では事前に打ち合わせがなされていたようだ。

ハロルドに案内されて、リーゼは侯爵とともに広間を後にする。夢の時間が、あまりにもあっけなく終わってしまったことを少し残念に思いながら。

自分の屋敷に戻るというリープシュタイン侯爵とは途中で別れ、ハロルドから一歩遅れて廊下を歩いていたリーゼは、耳に入ってきた声に足をとめた。

このあたりは舞踏会の招待客達が休んだりするのに使われている場所だ。

「リーゼ、何かあったのかな？」

「あの――声が」

青ざめたリーゼは、その場に立ち尽くしてしまう。庭園で聞いた皇女暗殺計画――あの時の声が、このあたりのどこかから聞こえてきたのだ。

足をとめて耳を澄ませてみるけれど、話は終わってしまったのか、声の主は奥の方へ行ってしまったのか――その声をもう一度とらえることはできなかった。

「声？」

少し先で足をとめたハロルドは、不思議そうな顔をしてリーゼを見ている。声、その言葉を繰り返した彼の表情が変わった。

「ハロルドさん、私……このあたりを探してみてはだめですか？」

せっかくあの声を見つけだすことができたのに。リーゼはそう言うけれど、ハロルドは首を横に振った。

「私は君を部屋に送り届けたら、すぐに行かなければならないんだ。そんな時間はない」

「わ、私一人で平気ですっ」

「馬鹿なことを言うんじゃない。着飾った格好で一人でうろうろしている貴婦人なんかいないだろう。それに、君に護衛をつけている余裕もないんだ」

ぴしゃりと言うと、ハロルドはリーゼを部屋へと追い立てていく。

「……でも」

「いいんだ。きちんと陛下が手を打っている。君は何も心配する必要はない」

そう言われて、リーゼは口を閉じた。今、ハロルドに何を言っても無駄だ。それに、たしかにこのドレスを着ていては身軽に動くことなんてできない。

リーゼを与えられている部屋に追い立てたハロルドは、控えていた侍女達にリーゼを引き渡すとすぐに姿を消してしまった。

侍女達はリーゼのドレスを脱がせ、ドレスと宝石類を持って出て行ってしまう。

下着姿で取り残されてしまったけれど、それはそれでありがたかった。そこから先を人の手にゆだねる習慣は持ち合わせていない。

けれど、侍女のお仕着せを着て、部屋を出ようとしたリーゼは愕然としてしまった。

外から鍵がかけられて、出ることができない。

「……どういうこと?」

ドアノブをがちゃがちゃとやって、リーゼはため息をつく。閉じこめられてしまったようだ。でも、なぜリーゼを閉じこめたりするのだろう。

ギルベルトの寝室からは出られないだろうか。そう思って彼の寝室に行ってみようとするけれど、彼の部屋に通じる扉もしっかりと鍵がかけられていて。

「私を閉じこめてどうするのよ!」

腹立ち紛《まぎ》れのリーゼの叫びに耳を貸す人はいない。

一瞬、窓から出ようかとも考えたけれど、ここは三階だ。無事に下までたどり着く自信はなかった。

ギルベルトの寝室に行けない、ということは今夜はここで過ごせと言うことなのだろう。

リーゼは、枕を取り上げて腕に抱え込む。

こんな風に閉じこめられるのは予想していなかった——いったい、何があったのだろう。

急に不安が押し寄せてきて、リーゼは枕を抱えたまま部屋の中をうろうろと歩き始めた。

誰か来て説明してくれるまで、この不安は消せそうもない。

夜明け近くまでリーゼはそうしていたけれど、事情を説明してくれる人は現れなかった。

「……起きろ。何で座ってるんだ？」

軽く揺さぶられた時には、リーゼはベッドに腰掛けてうとうととしていた。

横になってしまうのは、なんとなくはばかられたし、お仕着せを脱いで寝間着に着替える気にもなれなかったのだ。

目を開けば、まだ盛装に身を包んだままのギルベルトがあきれた顔でこちらを見ている。

「……何があったんですか」

彼の服を掴むようにしてたずねると、ギルベルトは驚いたように目を見張った。

「知っていたのか？」

「だって、ギルベルト様がお帰りにならないってことは何かあったんでしょう？」

「何かあったと言えば、あったんだがな」

そう言われても何があったのかわからなくてリーゼは眉を寄せる。ギルベルトは、リーゼを膝の上に軽々と抱え上げた。

「アドルフィーネが誘拐されかけた……未遂に終わったがな」

「……誘拐……なんてこと……未遂に終わったのならよかった……」

繰り返しながら、リーゼはギルベルトに身を寄せる。

彼の身体に寄りかかると、昨夜からの不安が一気に解消していくような、そんな気がするから不思議だ。

「ヨハネス・イェルマンにアドルフィーネを傷つけさせるわけにはいかないからな」

憂鬱そうなギルベルトの声が、リーゼの頭の上から落ちてくる。

「あの方がどうかなさったんですか？」

「あいつ、まだアドルフィーネの側をちょろちょろしていて、アドルフィーネも困っていたんだ」

「……そうですか……」

アドルフィーネも困っていただろう。かつて愛した男性だ。二人きりの茶会の時、「男を見る目がなかったからしかたない」と言っていた彼女の顔を思い出して、リーゼは複雑な心境になった。

「今回の舞踏会で俺としてはいくつか考えていたことがあったんだが——そのうちの一つ

がヨハネスの件に決着をつけることだった」

　ギルベルトの手がリーゼの背中を滑る。そうされると心地よくて、リーゼは彼の身体に腕を回してぎゅっとしがみつく。

「というわけで、アドルフィーネには途中で引き上げてもらったんだ。わざと警備は手薄に――手薄にと言っても見せかけだけだぞ――にしておいたら、まんまと引っかかった」

「……引っかかったって？」

「城に暴漢が押し入ったのさ――全員捕えてあるから、誰か一人くらいは雇い主につながる情報を提供してくれるだろう」

「今夜は、大変だったんですね」

「ああ」

　短く言った彼は、リーゼの顎に手をかける。近づいてきた唇を、リーゼは何のためらいもなく受け入れた。

　触れ合う唇の感覚にうっとりする。ギルベルトとこうしてキスするのは、とても幸せな気分になるから好きだ。

　自分から唇を開いて舌が入ってくるのを待ちかまえ――ここであることに気がついて目を見開く。

「いけない！」

ギルベルトの胸に両手をついて押しやると、彼も驚いたように目を丸くする。リーゼが彼を押しやるなんて滅多にないことだった。

「どうした？」

「探していた声！　今日の……昨日が正解でしょうか……招待客の中にいたんです！　貴族の人達がお休みしているところを通った時に聞いたんですけど……」

「今日の招待客、か……低くて、魅力的な声、だったか？」

考え込むギルベルトを無視して、リーゼはまくしたてる。

「休憩場所にいたんです、間違いなく！　でも、探しに行こうとしたらハロルドさんに止められてしまって……部屋に鍵まで」

「それで正解だ」

ギルベルトは、リーゼをもう一度引き寄せた。髪に唇を滑らせながら、低い声で言う。

「鍵がかかってなかったら、お前声の主を探しに行くつもりだったろう？」

「……そうです、けど……」

「やめとけ、それは危険だ」

しゅんとなっているリーゼの腰に手がかかり、ひょいと抱え上げられたと思ったら、ギルベルトは器用に扉を開けて自分の寝室へとリーゼを運んでいく。

「とにかく……お前は寝ていろ。仮眠を取るくらいの時間はあるだろう」

「ギルベルト様は？」

「今夜の招待客の中にいるなら、だいぶ絞り込めるはずだ。ハロルドに指示を出したら戻ってくるから先に寝ていろ」

ギルベルトのベッドは、ぬくぬくとしていて温かい。

服を着たままだったけれど、目を閉じたリーゼはあっという間に眠りに落ちた。彼が戻ってきたのにも気づかないほどぐっすりと。

◇◆　◇◆　◇◆　◇◆

「――お呼びですか、陛下」

ヨハネス・イェルマンがギルベルトに呼び出されたのはそれから三日後のことだった。

リーゼは同室を許されず、隣室に控《ひか》えているように言われたけれど、リーゼのいる部屋にまで二人の声が響いてくる。

「濡れ衣《ぎぬ》だと申し上げているでしょう！」

聞き覚えのない声は、一度だけ顔を合わせたことのあるヨハネスのものだろう。

「証人も、証拠もあるぞ！　これ以上アドルフィーネに近寄るな！」

けれど、それ以上は何も聞くことができなかった。重い物が倒れるような音がしたかと思ったら、その後しんと静まり返ってしまう。

隣の部屋の様子を確認しにいくわけにもいかず、リーゼがおろおろしていると、長い沈黙の後にギルベルトの声が響いてきた。

「何が愛してる――だ！　あいつを殺そうとしたのはお前だろう！」

しばらくして、ようやく隣の部屋が静かになった。そっと入ってきたハロルドが、リーゼをギルベルトのいる部屋の方へと押しやる。

「行ってあげなさい。陛下には君が必要だ」

おそるおそるリーゼは隣の部屋へと入っていった。

ヨハネスは、誰かが既に連れ去ったらしく部屋にはギルベルトしかいなかった。ギルベルトは怒りを隠そうともせず、いらだたしげに足音高く歩き回っている。

「……終わったのですか？」

できれば、彼を刺激しない方がいいのだろうとリーゼはこわごわとたずねた。

ハロルドはギルベルトにはリーゼが必要だ、と言ってくれたけれど、そんな必要があるようには見えない。

「ん？　ああ……一応は、終わった」

ギルベルトの説明に寄れば、ヨハネスはアドルフィーネの誘拐を計画していたのだそうだ。

アドルフィーネの落馬にヨハネスが関わっていたという証拠を掴んだギルベルトは、イェルマン家に圧力をかけて彼を跡継ぎから外《はず》すようにもとめていた。

それがヨハネスの焦《あせ》りにつながり――彼は、舞踏会の夜アドルフィーネを誘拐しようとしたらしい。皇女との婚姻を強引に成立させるために。

そんなことがあったなんてリーゼはまったく気づいていなかった。ただの侍女であるリーゼには知らせる必要もない事実ではあるのだが。

リーゼを部屋に閉じこめるよう、侍女達に命令した後、ハロルドはそちらに合流していたのだそうだ。となれば、声の主を見つけたと言ったのに後回しにされたのは納得できなくもない。

「ヨハネス様はどうなるのですか？」

リーゼがそうたずねても、ギルベルトはうろつくのをやめようとはしなかった。低いうなり声が、彼の喉から上がる。

「本来なら、八つ裂きにしても足りないところなんだが、さすがにな。皇女を誘拐しようとしたということが表沙汰《おもてざた》になるといろいろとまずい――病気により家督相続は弟に譲る、というのが適当なところか」

「……そうですか」

きっとそれが妥当《だとう》なところなのだろう。

「直接俺を殺そうとはしなかったものの、戦死させて女帝の夫の地位につこうという男だぞ。アドルフィーネが、それで幸せになれると思うか？　しかも、アドルフィーネが婚約破棄をしたら、あいつを事故に遭わせようとしたり、誘拐しようとしてみたり――何を考えているんだか」

ギルベルトの怒りが、また蘇《よみがえ》ってきそうだったからリーゼは慌てて口を挟んだ。

「あの、自分のものにならないならどんな手段を使ってでも他の人に渡したくないっていうのは、とても間違った考えだと思うんですけど……でも」

これ以上、何を言えばいいのかわからない。ヨハネスが間違っているのはリーゼだってよくわかっている。

「申し訳ございません、出過ぎたことを言いました」

今のリーゼの発言も間違っている。罪は罪として罰せられなければ、国は崩壊してしまう。

「いや、いい。これで一つ片付いた、が――」

ギルベルトは憂鬱《ゆううつ》そうな目になる。

そう、問題はまだ残っている。ヨハネスの件が片づいたにしても、暗殺を計画している者達が、まだ城内に残っているはずだ。

「でも心配する必要はない。アドルフィーネには手出しさせないさ」

ギルベルトは自信満々で言う。心配ではあるけれど、彼に任せておけばきっと間違いないだろう。気がつけば、ギルベルトのいらいらは完全におさまっているようだった。

「……お茶をお持ちしましょうか？」

「そうだな。お前も少し休め。厨房から菓子ももらってくるといい」

「ハロルドさんもお呼びしましょうか」

「あいつはいい」

ギルベルトは心から嫌そうに眉をしかめる。血のつながりがあるからか、とても気安そうな関係に見えるのに時々ハロルドに関してはこういう表情になる。

茶菓の用意をしようと厨房に向かいかけると、誰が知らせをやったのか、アドルフィーネが前触れもなしにやってきた。

「お兄様、ヨハネスの件……片付いたのですって？」

今日の彼女は、濃い青のドレスを身につけている。背の高い彼女にくっきりとした色合いはよく似合っていた。

「……お前に男を見る目がないというのがよくわかった」

ため息混じりに吐き出されたギルベルトの言葉。あら、とアドルフィーネは唇を尖らせる。

「何とか片付いたのだから、よしとして欲しいわ。ついでに言うと、クラウス様はとても素敵な方だと思うわよ。あちらもそう思ってくだされればいいのだけれど、これでも男性を見る目がないと思う？」

ギルベルトは黙ったまま答えようとはしない。出て行けばいいのかとどまればいいのか迷っているリーゼの存在に気が付いたアドルフィーネは、歓声とともにリーゼに抱き付いた。

「ああ、リーゼ。この間のあなたはとっても可愛かったわ！　ねえ、この際だから私と一緒にジースリア王国に行かない？　あなたが一緒に来てくれたら楽しそうだもの！」

「おい、リーゼから手を離せ。それは俺のものだ」

「『俺のもの』ですって！　一度でいいから言われてみたい！」

リーゼを自分の腕に抱え込んで、アドルフィーネはけたけたと笑う。

アドルフィーネがこんな性格だとは思わなかった。目を白黒させているリーゼを、ギルベルトはアドルフィーネから離そうとした。

「リーゼ！　厨房から菓子を——ああ、アドルフィーネの分はいらないからな！」

「あらやだお兄様、それって私が邪魔ってこと？　そういうことを言うのなら、お茶を頂くまで出て行きませんからね！」

さすがのギルベルトもアドルフィーネにはかなわないようだ。

リーゼはその場から逃げ出すと、お茶とお菓子を取りに走った。もちろん、アドルフィーネの分も忘れずに。

◇◆　◇◆　◇◆　◇◆

本当は、気がついていたはずだった。

いつまでもこんなに幸せな日は続くはずもないと――けれど、あまりにも幸せだから忘れてしまっていた。

「……どうやってお兄様を捕まえたの？　私の侍女達も気にしているのよね」

舞踏会も終わり、ヨハネスが領地に戻ることになって、アドルフィーネは何か吹っ切れたようだった。

もちろん、皇女として最低限の護衛は引き連れてという前提条件は崩せないが、ギルベルトの側にリーゼがいる時をねらっては、何かとちょっかいを出しに来る。

「あの、それは私の口からは……その、『捕まえた』というのも違う気がするし……」

「あら、そうなの？　あんなに怖い顔をしてこっちを見ているのに」

机に向かっているギルベルトは、うるさいと言わんばかりの視線をアドルフィーネに向けた。

「私があなたを独り占《じ》めしているから、やきもち焼いたのね」

「……それは違うと思いますけれど……」

一歩前に出たアドルフィーネは、リーゼの耳に口を寄せた。

「本当はお兄様、自分がジースリア王国の姫君を迎えるつもりだったのよ。だけど、私がクラウス様の元へ嫁ぐって決めたから、ようやく自分のお好きな人を見つけられたのねって安心してたのに、違うの？」

「あの、それは」

そんな風に問われても困ってしまう。リーゼの方に身を乗り出していたアドルフィーネは、ギルベルトの方へと勢いよく振り返った。

「ねえ、お兄様。リーゼを連れて行ってはダメ？」

「ダメに決まっている！　だいたい、あちらに連れて行く侍女はもう決まっているだろうが」

つまらないわね、と唇を尖らせてアドルフィーネは出て行ってしまう。

彼女がここに何をしにきたのか、リーゼにはまったく理解することができなかった。

「それで……だ、リーゼ。話がある」

書類の山を一つ片づけ終えたギルベルトがリーゼを呼んだ。

リーゼは素直に彼の方へと近寄る。仕事時間中にアドルフィーネの相手をしていたことを咎《とが》められるのではないかと思っていたけれど、そうではなかった。

「お前、明日にでも実家に戻れ」

「実家、ですか……？」

震える声で問いかけると、ギルベルトは眉を上げた。

「俺の命令だから、だ。他に理由は必要か？」

「いえ、必要ありません……」

あまりにもここでの生活が楽しいから忘れてしまっていた。

相手が皇帝であれば、命令に逆らうことなんてできるはずがない。それに、ギルベルトは知らないが、ハロルドとの間には必要とされなくなったらすぐに出て行くという約束がある。

「でも、ギル……陛下……声を探す件は……どうしたら……？」

みっともないと思いながらも、すがるような声が出てしまう。

まだ、やるべきことが残っているから――もう少しだけここにいることができるかもしれない。

けれど、ギルベルトはそんなリーゼの願いをあっさりと打ち砕いてしまった。

「そちらももう、お前に手伝ってもらう必要はない。上手く片づけることができそうだからな」

「……そう、ですか……」

ギルベルトが必要ないというのなら。これ以上リーゼに何ができるだろう。

「では、今夜荷物をまとめて……明日……明日……その、おいとまを……」

「それでいい」

それきり彼はリーゼの方を見もしなかった。新しい書類の山を手近に引き寄せると、一枚一枚中を確認し始める。

「……失礼します」

恐れていた時がついに来てしまっただけのこと。

平静を保とうとリーゼは自分に言い聞かせる。皇帝相手に恋をしたって長続きしないなんて、最初からわかっていたはず。

ただ、自分が勝手に期待をしていただけだ。もう少し長い間続くのではないか、なんて愚《おろ》かな期待なのに。

早く荷物をまとめて――ここから離れよう。明日、とギルベルトには言ったけれど、今すぐ荷物をまとめれば、夕食前には出て行くことができるはず。

予定より早く行儀見習いを終えることになってしまうけれど、両親だって温かく迎え入れてくれるだろう。侯爵夫人の元から、皇女殿下の元へとなれば行儀見習いとしてはこれ以上の箔《はく》はない。

「……意外に、少ないのよね」

休みの日以外は起きた時から寝る時までお仕着せを着ることが義務づけられていたから、荷物をまとめるといってもすぐに終わってしまう。

着替えと日用品、それから他の侍女達と街に出た時に買った髪飾りや家族との手紙などは、小さな鞄《かばん》一つにおさまった。

「……これは……持って行ってもいいのかしら……」

ギルベルトにもらった髪飾り。お忍びで街に出た時に買った品だから高価なものではないけれど……もったいなくて使うことさえできずにしまい込んであった。

しばらく迷った末、ハンカチに包んで荷物に忍ばせる。

いつか忘れることができるその日まで、持っているだけならきっと罪にならない。

与えられたお仕着せを脱ごうとして、リーゼは初めて気がついた。

勝手に出て行くのはたぶんまずい。ギルベルトに仕える者はハロルドが取り仕切っているようだから、ハロルドにだけはもう行くと告げた方がいいだろう。

ギルベルトには、何も言う必要は感じられなかった。もう終わったことだ。

ハロルドに挨拶して、お仕着せをどこに返すかを聞かなければ。

私服でうろうろしていたら、そこかしこで呼び止められるのは目に見えていたから、リーゼは着替えるのは後回しにして先にハロルドを探しに行くことにした。

ハロルドは、ギルベルトに言われて何か調べているようで、ここ何日かはギルベルトの側にはいない。

貴族達を調べているのなら、きっとギルベルトに会いに来た貴族達の控《ひか》えの間あたりにいるだろう。

控えの間が設《もう》けられている一角に入って、リーゼはハロルドの姿を探し求める。本当はハロルドに挨拶する必要はないのだということは、意図的に頭の外に追い払っていた。

今、ギルベルトの側にはハロルドの代理がついているのだから、その人に挨拶すればいいだけのこと。

そうしないのは、一番ギルベルトの側にいる人に挨拶することで、彼への思いを打ち消すことができるのではないかという儚《はかな》い期待。

「……そう言えば」

リーゼの目は、今まで入ったことのない扉に吸い寄せられていた。

その扉の向こう側に入るのを許されているのは貴族達の中でも身分が高い人達だけ。彼らは自分専用の部屋を城内にもらい、城に来た時にはそこで身支度をし、時には宿泊していくこともある。

きっとここに宿泊している人達には、リーゼは何度も会っているだろう。ギルベルトとしばしば面会しているはずだから。

しばらく扉の前で迷っていたリーゼだったけれど、思いきって扉に手を伸ばした。握ったドアノブはひんやりとしている。

「……今日で終わりなんだもの」

自分に言い訳して、リーゼは扉の内側に滑り込んだ。

今までどれだけ探しても、見つからなかった声の持ち主に、今日巡り会うなんて運のいいことを期待していない。

最後までできることをやったのだと自分に言い聞かせたいだけなのだろうと誰かに言われたら、きっと否定はできない。

「……見つかるはずもないけれどね」

リーゼは用があるような顔を装いながら、廊下を進んでいった。

廊下の扉にはずらりと扉が並んでいる。その扉には一つ一つ違う模様が刻み込まれていた。たとえば水浴びをしている女神の姿だったり、風に戯《たわむ》れる妖精の姿だったり――ユニコーン、ペガサスといった伝説上の生き物を刻んだ扉もある。

かと思えば、精緻《せいち》な花模様が彫り込まれた扉もあったりして、ここに並んでいる扉達だけで一つの芸術品と言っても過言《かごん》ではなさそうだった。

「……やっぱり、何もないわね。わかっていたけど」

ため息とともに、リーゼは踵《きびす》を返そうとした。

最後の悪あがきも無駄に終わったのだから、このままハロルドのところに行って、出て行くことを告げて終わりにしよう。

するとﾠリーゼのすぐ側の扉が開かれた。扉が開かれたことによって、普通なら聞こえないはずの声が外へと流れてくる。

「では、エリザベート。また、近いうちに」

その声を耳にした瞬間、リーゼは上げかけた悲鳴を、両手を口にあてて無理矢理飲み込んだ。

忘れたことなんてない。今でも耳に残っている——あの夜聞いた声。

見つからないように逃げださなければ——けれど、足は根が生《は》えたかのように床に吸い付いていて、逃げ出すこともできなかった。

扉から出てきたのは、貴族の女性だった。相手の名をリーゼは知っている。いつだったか、彼女のために城の衣装室から見つくろった衣装を着せてあげたことがあったから。

「……あら、あなた」

ヴェストファーレン伯爵夫人は、リーゼを見ると笑顔になった。

今日の彼女は、裾《すそ》が三段に切り替えられた最新流行のドレスを身につけていて、年を感じさせない美しさだった。

「こんなところで何をしているのかしら？」

「……あの……わ、私……」

声をかけられたことによって、リーゼの呪縛《じゅばく》がとけた。

「……お客様の寝具を換えに行かなければならないのですが……迷ってしまって」

寝具を換えようとしているのならば、リネン類を手に抱えていなければならないのだが、今のリーゼは手ぶらだ。

なんとかごまかして、ここから立ち去らなければいけない。いや、それよりも気になることがある、とリーゼは頭をめまぐるしく回転させる。

ヴェストファーレン伯爵夫人は、自分が会っていた相手が皇女を暗殺しようとしていたことを知っているのだろうか。

いや、知らないだろう――この女性が、あんな恐ろしい計画に加担しているなんて信じられない。じりじりと後退しようとするリーゼを、伯爵夫人は呼び止めた。

「あなた、この間までは皇女殿下のところでお仕えしていなかった？」

「あ、はい！　そ、そうなんです……あの後陛下の宮に移動になって、その、ハロルドさんが、こちらのお手伝いをするようにと……」

「そうなの。では、早く行かなくてはね。ここを歩いていてもリネンの保管庫にはたどり着けなくてよ」

伯爵夫人はにこりとする。何とかごまかすことができただろうかとリーゼが胸をなで下ろした時だった。

背後の扉がかちゃりと開く音がする。

「……この娘よ！」

伯爵夫人の声が響く。慌てて走り出そうとしたリーゼだったけれど、背後から回された腕に捉えられてしまった。

「……あなたが出てきてくれてよかったわ。どうやって捕まえようかって悩んでいたんだもの」

「……いやっ……離して！」

「……殺すか？」

短く発せられた言葉は短いのに、リーゼをおののかせるには十分だった。悲鳴を上げようとするけれど、背後からリーゼを捉えた男の手が口を塞いでしまう。

「まだ、だめ。陛下がどこまで知っているのかを確認してからよ。あなたの部屋に連れて行きましょう」

部屋に連れ込まれてしまったら、すべてがおしまいだ。リーゼはじたばたと暴れる――男の手が首に回ったかと思うと、視界が真っ暗になった。

第七章　幸福な時をいつまでも

意識を取り戻した時には、身体を動かすことができなかった。

「……目が覚めたのね」

瞬きをして返事をしようとしたけれど、喉のあたりが痺れているようでうまく言葉が出てこない。

「……お水」

もうろうとした意識の中で訴えると、口にグラスがあてがわれた。

「……注意してお飲みなさいな。あなたにはいろいろと話してもらわなければいけないのだから」

冷たい水が喉を流れ落ちていく。グラスが空《から》になった頃、ようやくリーゼの意識ははっきりとしてきた。身体が動かせないのは、後ろ手に拘束されて椅子にくくりつけられているからだった。

こわごわと首を回してみると、そこは贅沢に設《しつら》えられた部屋だった。男性が使う部屋らしく、重厚な家具で統一されている。

正面に置かれている時計をちらりと確認すれば、リーゼが自分の部屋を出てからそれほど長い時間はたっていないようだった。

「……どうして」

リーゼがたずねたのは、水を飲ませてくれた後は、向かい合う位置に腰を下ろしたヴェストファーレン伯爵夫人だった。

「あの夜から、君を捜していたのでね」

——そう、探していたのはこの声だった。

背後から声がする。確信したリーゼが声の方へ視線を巡らせると、彼はゆったりとした足取りでヴェストファーレン伯爵夫人と並ぶようにして立った。一目見ただけで、位の高い貴族であることがわかる。

彼は、上質な葡萄色《ぶどういろ》の上着をゆったりと着こなしていた。リーゼの父親より年上のように見えるが、老人めいたところはまるで感じられなかった。

リーゼに穏やかな微笑みを向けているが、少しも安心する気にはなれなかった。

「……なぜ、私を？　どうして……私……縛られて……」

リーゼは、すがるような目を伯爵夫人の方へと向けた。ひょっとすると、彼女ならリーゼを助けてくれるのではないかと期待して。

「……あのね、あなたからは私達の姿は見えなかったかもしれないけれど……私達の方からは、あなたの顔がよく見えていたのよ。あの夜、あなたランプを持っていたでしょう？」

あの夜、とリーゼは力なく繰り返した。アドルフィーネのショールを探しに行った夜、たしかにリーゼはランプを持っていた。暗い庭園で足元を確認するために。

あの夜のことがはるか遠い昔のことのように感じられる。たまたまあの場所に行き会わせなかったら、こんなことにはなっていないだろう。

「……私を見たの？」

「そう、偶然って怖いわね。私、普段なら使用人なんて顔も名前も覚えていないのよ。あなたが姪《めい》に似ていたから……だから興味を覚えたけど、そうじゃないならドレスを着替えた瞬間忘れていたでしょうね」

くすくすと伯爵夫人は笑う。

「私とオルデンブルク公爵は、皇女殿下の衣装係を探していたのよ。リーゼ、という名のね。不自然にならないように探りを入れるのは大変だったわ……配置換えで、陛下のところに行っていると知るまで一月《ひとつき》かかったもの」

「正確には、陛下の愛人――という噂だがね」

壁にもたれるようにしていた男――オルデンブルク公爵――が口を開く。よく響く低音の美声も、今のリーゼにとっては恐怖をかきたてる要因でしかなかった。オルデンブルク公爵家と言えば、リーゼが名前を知っているくらいの名門だ。そんな彼が皇女の暗殺を計画していたなんて。

「まさか、陛下の愛人に手を出すわけにもいかないし、これからどうやって君に接近しようかと考えていたところだったのだよ。どこまで知られているかわからない以上、うかつに進めるわけにもいかないからね」

もっとも、とつけ足して公爵は苦笑いした。

「皇女の毒殺計画に関しては中止するのが間に合わず、あんな無様な結果になってしまったがね。何人も人を介《かい》するというのもやっかいなものだ」

「どこまで知ってって……私、何も。あの時は……人がいるなんて思わなかったから」

リーゼの声は震えていた。

リーゼの知っていることなんてさして多くはなく、皇女の暗殺計画があったということだけだ。目の前の二人がその計画に関わっているというのも、いずれは公爵の声に気付いただろうけれど、この部屋に連れ込まれるまで知らなかった。

「……嘘は困るのよ、リーゼ。だって、公爵の声を聞いた瞬間、あなた逃げ出したじゃない。逃げるってことは何か聞いたのでしょう？　正直に話してもらわないと、あなたを助けてあげることもできないのよ」

椅子に縛られているリーゼに、ヴェストファーレン伯爵夫人は身を乗り出した。

助けてあげる、なんて口にしているけれど、そんなつもりはなさそうだということはリーゼにだってわかってしまう。

「……でも、私を殺す……の……？」

皇女を暗殺しようという人達だ。リーゼ一人の命なんて、彼らからすれば羽根よりも軽いに違いない。きっとこのまま殺されて、どこかに埋められて――リーゼの目にじわりと涙が浮かぶ。

「泣かないでちょうだい……ね？　いい子に全部話してくれたら、あなたを助けてくれるように頼んであげるから」

「い、いい子にって言われても……私、何を話せば……人がいて驚いたから逃げ出しただけで……」

きっと何を話したところで助けてもらえないし、話せることなんてない。リーゼは、人がいて驚いたから逃げ出したと言い続けた。

何度か同じ問答を繰り返した後、二人はリーゼから情報を引き出そうとするのを諦めたようだった。

「……やれやれ。口を塞いでしまうしかなさそうだね」

オルデンブルク公爵が首を振った。

その言葉にリーゼは唇を噛んだ。こんなところで死ぬなんて思ってもみなかった。荷物を置いたままいなくなったと聞いたら、ギルベルトは少しくらい気にかけてくれるだろうか。

「……一つだけ、教えてもらえますか？　なぜ、皇女殿下を暗殺しようなんてしたのですか？」

なぜこの二人がアドルフィーネを暗殺しようとしたのか聞いておこうと思った。

アドルフィーネと身近に接するようになって、彼女の人柄を知るようになった今では、どうしてもそこが気になる。

リーゼの訊いたことを、ギルベルトに届ける手段がないのもわかっているけれど。

「……君には難しいと思うけどね……ええと、名前はなんと言ったかな？」

「リーゼよ……あなた」

伯爵夫人の声音にあるものを感じ取って、リーゼは思わず彼女を凝視してしまった。

彼女の声音、そこにこめられた感情がリーゼの勘違いでなかったとしたら……彼女はオルデンブルク公爵を愛している。

「そうか、リーゼ、だったか。君はそんなことを聞いてどうするつもりなんだい？」

やけっぱちでリーゼは頬を膨らませた。

「どうするって言われても気になるだけよ！　だって、どうせ私のことを殺すつもりなのでしょう？　だったら、最後に教えてくれるぐらいしたっていいじゃない！」

リーゼの剣幕に、公爵は一瞬たじろいだようだった。それから面白そうに目を細めてリーゼの側へと歩み寄ってくる。リーゼの隣に立つと、彼は椅子の背もたれに手を置いた。

「君はジースリア王国との和平をどう思う？」

「どうって、悪いことではないでしょう？　戦争が終わるのはいいことだわ。一時は物がなくて困ったけど、最近は順調に流通してるっていうじゃない」

それは、『ハロルド』と名乗っていたギルベルトと一緒に市場をうろうろしている時に仕入れた知識だった。

戦争が終わって、少しずつ物が流通するようになって。まだ昔のようにはいかないけれど、年が明ける頃にはほぼ元通りになるだろう――市場の店の店主達は世間話の中でそう話してくれた。

きっと来年はもっともっとよくなる。そう話してくれる時、皆嬉しそうだった。

それを聞いたギルベルトは少しだけ口元を緩めて……後になって彼が皇帝だと知ってどうしてそんなに嬉しそうなのかを知った。

たしかに貴族達が言うように、彼は若くて未熟かもしれない。でも、この国を愛しているというのは間違いがないのをリーゼは知っていた。そんな彼だから、絶対に力になりたいと……そう思っていた。

けれど、公爵にとってはそんなことどうでもいいようだった。リーゼをくりつけていた椅子に置いていた手を離し、大股《おおまた》に暖炉《だんろ》へと歩み寄る。

彼は、そこで芝居気《しばいけ》たっぷりな動作で両腕を広げて見せた。

「では、我が国の威信《いしん》はどうなる？　皇女殿下を敵国に差し出すんだぞ。そこまでして和平を結ぶ必要があるのかね？」

「国の威信が何だって言うの？　それより大切なのは、皆が幸せでいられることでしょう！」

リーゼの口から、思いがけず強い言葉が出て、滲んでいた涙が粒となって目から零れ落ちる。

どんな小さなことでもいい。この国という重圧を背負うギルベルトが、少しでも楽に呼吸できるように支えになりたかった。

「陛下にこの国を任せるのは不安だという声も大きくてね――皇女殿下に退場してもらった後は、陛下にもご退場願うつもりだ」

睨み付ける視線で、目の前の男を殺すことができたらいいのに。リーゼは精一杯の強い眼差しで公爵を睨み付ける。縛られた手では、零れた涙を拭うこともできなかったけれど、そんなの気にならなかった。

「なるほどな。どうりでリーゼに城内をうろうろさせても見つからないはずだ。今回は久しぶりの登城だからな。早いうちから公爵も容疑者の一人とは思っていたんだが」

どことなく人を食《く》ったような声がして、公爵の意識がそちらへ向けられる。

「……陛下！」

一体どこから入ってきたというのだろう。いつの間にかギルベルトが公爵の側に立っている。足音一つしなかったから、気がつかなかった。

ヴェストファーレン伯爵夫人もまた、腰を下ろした椅子から動けないようで大きく目を見開いたままギルベルトを見つめていた。

ギルベルトは、腰の剣を抜いて公爵に突きつけている。それから、嫌みなほどにゆっくりと、口角を上げて見せた。

「ヨハネスの件は、公爵にとっても計算外だっただろう？　あいつも、アドルフィーネを諦めきれずにうろうろしてたからな……乗馬中の事故にはさぞ驚いたことだろうな」

「は……何のことかさっぱりわかりませんな。この娘は……その、無礼な振る舞いがあったので、少し折檻《せっかん》していただけです。陛下の侍女に手を出したのはお詫《わ》びいたしますが……あまりな侮辱《ぶじょく》だったために許すことができず……」

「そんなの嘘よ！」

叫ぶリーゼの声は、誰の耳にも届いていないようだった。わざとらしく大げさなため息を吐き出したギルベルトは、公爵につきつけた剣を左右に揺らしてみせる。

「……公爵、俺が何の証拠もなしにここまで乗り込んできたと思っているわけではないだ

ろう？　皇女暗殺未遂に関わった証人も見つけた。仲間の中には、口を割った者もいるぞ。貴族というのも案外当てにならないな」

魅せられたかのようにギルベルトの振る剣先に魅入っていた公爵が、両拳《こぶし》を固く握りしめる。

「……エリザベート！　娘を！」

けれど、伯爵夫人は首を左右に振っただけで椅子から立ち上がろうとはしなかった。公爵は気付いていなかったけれど、リーゼの正面にいる伯爵夫人には見えていた。

公爵がリーゼのことを思い出した時には、リーゼを拘束していた縄はハロルドの剣によって切り裂かれていて、ハロルドの背後へとかばわれていたということが。

思えば、ギルベルトのわざとらしい行動は、公爵の注意を自分の方へとひきつけておくためだったということか。

「……公爵。あなたがなぜアドルフィーネの暗殺を企《たくら》んだのかは、捉えてある者達に聞いたからわかっている。国のことを憂《うれ》えてもらうのは大変ありがたいと思うが、方法を間違えていたようだな」

油断なく剣を公爵に突きつけたまま、ギルベルトは言う。「ありがたい」という言葉に、彼は何の感情もこめていなかった。

「……罪は償《つぐな》ってもらうぞ」

ギルベルトの発した言葉は短かったけれど、そこに込められた威厳にリーゼは胸を打たれた。この人は一国を治める皇帝なのだと改めて思い知らされる。

「——たしかに、方法を誤っていたようですな。陛下。しかしながら、此度《こたび》の縁談、反対する者はまだまだ残っておりますぞ」

これが大貴族という物なのだろうか。公爵はそれ以上悪あがきをしなかった。駆けつけてきた警備の兵達が公爵の手に縄をかける。

「エリザベート」

出て行きがけに、公爵は伯爵夫人に声をかけた。

「……今度会うのは、あの世かもしれないな」

「かまいませんわ。あなたについていこうと思ったことを、一度も後悔してはいませんもの。せいぜい美しく装《よそお》ってお待ちしております」

こんな時でも、伯爵夫人は艶《あで》やかだった。皇女の暗殺を計画した以上、死罪は免《まぬが》れないだろうに、恐れている様子など微塵《みじん》も見せない。

——ああ、やっぱり……。

ハロルドの背中に隠れているリーゼは、すべてを得心したような気がした。

なぜ、伯爵夫人はこの計画に賛同したのか——彼女が国を憂《うれ》えているようには思えなかったのだ。

「馬鹿を言うな。年齢から言えば、私の方が先だろう——罪の重さから言っても」

公爵を連行していく兵が、そっと公爵を促す。公爵が部屋を出て行くまで笑顔で彼を見送っていた伯爵夫人は、ギルベルトの前に膝をついた。

「どのような処分でもお受けいたします、陛下」

「……ああ、そうだな。考えておく」

目の前の光景にギルベルトもハロルドも、なんだか毒気《どくけ》を抜かれてしまったようだった。むしろ、どこか困惑している様子で、今度は伯爵夫人が連行されていくのを見送る。

「……ハロルド」

「何でしょう?」

「たぶん、俺が理解できていないことがまだあるんだろうな……」

ぐしゃぐしゃと頭を掻き回して、ギルベルトはため息をつく。懸命にも、ハロルドはギルベルトのその言葉については黙殺することにしたようだった。

「さて、リーゼ」

表情を改めたギルベルトが、いまだに隠れたままだったリーゼをハロルドの背中から引っ張り出す。

「何でお前がここにいるんだ? 俺は実家に帰れと言ったはずだがな」

「……今日中に、とは言ってませんでしたから!」

急に悔《くや》しくなって、リーゼは顔をそむける。そう言えば、ギルベルトからはもう用なしだと宣言されていたのだった。

いつまでも彼と顔をつきあわせている必要もないはずだ。

「……もう荷物は詰め終わったので、すぐに失礼します！　ハロルドさん、お仕着せを返す場所を教えてください！」

腹立ち紛れにそう叫ぶと、ハロルドがやれやれと首を振った。

「……陛下。彼女は何か誤解しているようですよ。きちんとお話なさった方がいいのではないですか？」

「……どうやら、そのようだな。リーゼ、ここに長居するのもどうかと思う。俺の執務室——いや、居間にするか」

そう言うと、ギルベルトはリーゼを扉の方へ押しやったのだった。

ギルベルトの居間で待っているようにと言われたけれど、命じた本人はなかなか戻ってこようとはしなかった。そのかわり、ハロルドが側にぴたりと張りついている。

「……これはどういうことなんですか？」

「君が逃げ出さないように見張っておけと陛下のご命令なので ね」

「……逃げる必要なんてないのに」

頬を膨らませて、リーゼはハーブティーのカップを手に取る。気持ちがざわわしているからと、ハロルドが持ってきてくれたそれは優しい香りがした。

「……私が影ながら護衛についていなかったら、殺されていたということを理解しているのかな、君は」

「護衛？」

リーゼは首を傾《かし》げる。リーゼには護衛なんて必要ないのに、なぜハロルドがリーゼについていたのだろう。

「何でわからないのだろうね。君を私の下につけたのは、私に君を護衛させるためだったのに──おかげで、仕事が増えて増えて大変だったよ」

大仰《おおぎょう》な仕草で、ハロルドは嘆《なげ》いてみせる。こんな風に笑う人だったろうかとリーゼが目をぱちぱちとさせていると、彼は改めて説明してくれた。

「犯人の方が君の顔を見ている可能性を、陛下は忘れていなかったからね。君を陛下の侍女にしてからずっと、私に護衛を命じていたというわけさ。それだけならともかく、容疑者候補を絞っていく作業も私に任されていた上に、いつもの仕事もこなさなければならなかったから、大変だったよ」

ギルベルトの側にいたリーゼは、彼がどれだけの仕事をこなしていたのか知っている。それに付き合うハロルドもまた、大仕事をこなしていたことも。

いつもの仕事にくわえて、リーゼの護衛やら、暗殺の計画者を見つけ出すことやらまでハロルドの仕事にされていたのだとしたら。

彼が引き受けさせられた仕事の量は、あまりにも多すぎなのではないだろうか。

「……お仕事……増やしてしまって……すみません……」

リーゼは、そう詫びることしかできなかった。彼にどれだけ苦労させていたのかと思うと、穴を掘って埋まりたいような気になってしまう。

「……無茶を命じられるのは慣れてるから、いいけれどね」

そう言ったハロルドが深くため息をついた時、ようやくすべての用を片づけたギルベルトが戻ってきた。

「……さてと。言いたいことはたくさんあるんだがな」

言われてリーゼは身をすくめた。これから何を言われるのかなんて――考えたくもない。

「とりあえず、荷物は全部解《ほど》け」

「……え？」

彼の言葉が信じられなくて、リーゼは思わず問い返してしまった。

「あの、荷物解けって……私、実家に帰るんじゃ……」

「アドルフィーネの暗殺を企《たくら》んでいた奴はもう捉えた。だから、お前が実家に帰る必要はない」

「……でも」

「陛下……それではリーゼに伝わりませんよ」

何が何やらわからなくて、混乱するリーゼにハロルドが助け船を出してくれる。

「容疑者の数もだいぶ絞れたのでね、陛下としてはすべて片付くまで君を危険から遠ざけるために実家に帰れと命じたはずなのだが――ひょっとして何か誤解していたのかな？

まあ、君がああいうことになったから、実家に帰る前に片付いたわけだけれど」

では、ギルベルトに嫌われたわけではないのだろうか。まだ、もう少し彼の側にいてもいいのだろうか。言葉にならない感情が、涙となってリーゼの頬を伝う。

「おい、泣くな！　ハロルド……外《はず》せ！」

頭を下げたハロルドが、頭を元の位置に戻した時には、ギルベルトはリーゼを膝の上に抱え上げていた。

「……ごゆっくり、と申し上げた方がよろしいですか？」

「失せろ！」

テーブルのカップを投げつけそうな勢いでギルベルトが叫ぶ。小さく笑い、カップを投げつけられる前にハロルドは退散した。

「も、もう少し……ここにいてもいいんですか？」

「何でもう少しなんだ？」

「だって、ハロルドさんが……」

最初の日にハロルドに呼び出された時のことを思い出すと、やはりここにいてはいけないのだと思わされる。

「あいつの言うことなんか気にするな。お前は俺のことを信じていればそれでいい——絶対に……離さないから」

それ以上何も言えなくなってしまったリーゼの涙を、ギルベルトの指がそっと拭《ぬぐ》う。

それでも、涙は溢れて溢れてどうしようもなくて。涙を拭うことを諦めた彼は、リーゼの顔を自分の胸に押しつけた。そうされると、気持ちがどんどん大きくなってしまっても う歯止めがきかない。

彼の胸にすがりついて、リーゼがわんわん泣いている間、彼の手は慰めるように優しく背中を撫でていた。

やがて泣き疲れたリーゼが静かになると、その手が彼女をしっかりと抱え込む。

「怖い思いをさせたな……お前の存在を気づかれていることも考えて、ハロルドを護衛に回しておいたんだが」

「……あの、ごめんなさい……」

よけいなことをしなければ、あんなことにはならなかった。

彼に言われたようにおとなしく実家に帰っていればよかったのだ。彼がリーゼの安全のためにそう言ってくれたのだと知った今はそう思う。

「目が赤くなってるぞ」

「……見ないでください」

すっかり忘れていたけれど、大泣きしたばかりだから目のあたりが腫《は》れぼったくなっている。そんな顔をギルベルトには見られたくなかった。

「わかった。見ない」

涙の跡の残る頬をギルベルトの指が撫で、唇に到達する。繊細な手つきで唇をなぞられてリーゼの肩が跳ねた。

「……んっ」

指でなぞられただけなのに、背中がぞくぞくする。ギルベルトが顔を寄せてきた。

今度はキスされる……そんな予感に勝手に目が閉じてしまうけれど、触れるか触れないかというところでギルベルトは止まってしまった。

「もう、どこにも行くな。ずっと俺の側にいろ」

今にも唇が触れ合ってしまいそうなぎりぎりのところでギルベルトがささやく。彼の息に唇をくすぐられて、リーゼの唇が震えた。

「……はい」

吐息まじりに答えれば、ギルベルトは今度こそ唇を重ねてきた。彼にしがみついたリーゼは、自分から唇を開く。遠慮なく彼の舌はリーゼの舌を絡め取った。優しく吸い上げ、解放して一息つかせては、また絡め取る。

「んんっ……あぁ……」

ねっとりと口内を探られて、リーゼの目には霞《かすみ》がかかった。彼にこうして触れてもらえるのが嬉しい。

舌を解放され、今度はリーゼの方から彼の舌を探しに行く。遠慮がちに唇で挟むと、彼の方は舌を引き抜いてしまった。がっかりする間もなく、勢いよく唇が割り開かれて彼の舌が入り込んでくる。

「んっ……ふっ……んぅぅ……」

キスだけで息が乱れてしまうのが恥ずかしくて、頬が赤くなるけれど、ギルベルトの方はおかまいなしだ。リーゼの舌を、自分の舌で撫でさする。

かすかな快感のさざ波が、リーゼの下腹部を疼かせる。蕩《とろ》けだした身体は、リーゼの自由にはならなかった。

「……あっ……あぁ……だめ……」

ギルベルトの手は素早くて、早々とリーゼのスカートの中に侵入していた。お尻の線をなぞられて、あられもない声が出てしまってリーゼは身体を捩る。

早くも秘所が潤み始めているような気がした。膝の上に横抱きにされているから、彼にはきっとわかってしまう。

「あんっ……そっちも……だめっ！」

のけぞった首筋に唇があてられて、リーゼの口から押さえきれない喘ぎ声が上がった。

ぺろりと舐められれば、身体の中心が激しく疼く。

まだ衣服に覆われたままの胸の先端が痛いくらいに尖《とが》り始めているのがわかるから、身体をくねらせてギルベルトの腕から抜け出そうとした。

「見ないって……見ないって……言った……！」

腫《は》れた目を見ないでほしかったのに、これでは全部見られてしまう。悲鳴混じりに抗議すれば、リーゼの喉仏《のどぼとけ》にキスを落としながらギルベルトは笑った。

「顔は見ていない。俺は嘘はつかないぞ……今見ているのはここだ」

「……そんなの、ずるいっ……あっ」

リーゼの抗議なんて、ギルベルトにかかれば簡単に封じられてしまう。背中に回した手が、片手で器用に一番上のボタンを外す。

「ボタン……だめ……って、言って……」

「聞こえていないから無効だ」

しゃあしゃあと言ってのけると、彼は外したボタンのところから強引に指をねじ込んでくる。首の後ろから下着の中に入り込んで、肩甲骨《けんこうこつ》を指がなぞる。そんなところまで感じるとは思わなかったから、リーゼは彼の肩に顔を伏せてしまった。

「……んぅ……意地……悪い……」

爪の先で皮膚をくすぐられる度、ぴくりぴくりとリーゼの肩が跳ねる。反対に足からは力が抜けてしまった。

彼の肩に顔を伏せたまま、小刻みに身体を震わせている間にもまた一つ、ボタンが外される。そしてまた、一つ。

下着越しに背中をつっと撫でられれば、つま先がきゅっと丸まって、淫らな声を上げてしまう。腰のあたりに走るむずむずとした感覚を、どうやって逃がしたらいいのかわからない。

「誰が意地悪だ。助けてやったんだからありがたく思え」

下着が肩からずり下ろされて、胸が露《あら》わにされ、隠す隙も与えずに、ギルベルトはそこに唇を落とした。硬くなった胸の蕾が、濡れた舌で転がされる。リーゼが甘い声を上げると、ギルベルトはさらにそこを吸い上げた。じんじんとした痺れが、身体全体に広がっていく。

口で触れていない方の乳房は、彼の手に包み込まれて自在に形を変えている。そうやって触れられるのはとても心地よかった。

両手を伸ばして、彼の頭を抱きしめるようにすると、とても満たされて幸せだった。

「……あっ……ふ……そこばかり……しない、で……」

胸に触られるのも気持ちいいけれど、身体はもっと違うところに触れて欲しいと望んでいる。当然、と言わんばかりにギルベルトはスカートを捲りあげて、ドロワーズをあっさりと剥《は》いでしまった。

「こんなに濡れて……これなら、二本入りそうだな」

「あっ……そんなっ……ぁっ……」

一度に二本の指を押し込まれても、完全に潤っているその場所は、簡単に飲み込んでしまう。ぐりっと媚壁《びへき》を擦《こす》り上げられて、リーゼは息をのんだ。

淫らな音をたてて、指が抜き差しされるのが心地いい。腰が浮き上がって、もっと深い快感をもとめてしまう——けれど。

「こんな……ところで……」

何気《なにげ》なく横に目をやれば、テーブルの上にはリーゼが飲んでいたハーブティーのカップが残されたまま。それに気がついて、リーゼの意識は一瞬現実に引き戻される。

「そんなの今さらだろう。それに、お前が見なければならないのは俺だ」

強引に顔をギルベルトの方に向けられた。顔は見ない約束だったはずなのに、彼の鋭い目はリーゼの顔から離れようとはしない。

「……でも……あっ」

体内に埋め込まれた指が動かされたらあっという間に現実のことなんて忘れてしまう。ギルベルトの首に両腕を回して縋《すが》り付いて、そこから後は快楽を追いかけるだけ。指の抜き差しに合わせてリーゼの首が揺れる。

「あぁ、ここだ。ここがいいんだったよな？」

リーゼの身体を知り尽くしているくせに、わざと言葉で煽りながらギルベルトは指を動かす。中でばらばらに動かされて、リーゼの口から悲鳴にも似た声が上がった。

「んっ……あっ……そこ……しない、で……！」

身体が熱い。一番感じる場所を擦り上げられれば、みっともないくらいに背中がそってしまう。しないで、という拒否の言葉は、そこにもっと触れてほしいという意志表示。もう少し、そこをもう少しされたら、すぐに高みに昇ってしまう。けれどギルベルトは意地悪で、もう少し、というところで指が引き抜かれた。

「ギルベルト様……」

リーゼの声音に不満の色が混ざる。あともう少しだったのに、ここでやめてしまうなんて。

「……そろそろいいか。ほら、こっちを向くんだ」

にやりとしたギルベルトの身体を跨《また》いで膝をつくように体勢を変えられる。片手でリーゼを支えたまま、彼はもう片方の手で着ているものをくつろげていく。熱を帯びた彼自身がリーゼの腿に触れた。

「……あっ……」

ただ、触れた。それだけなのに、リーゼの秘所からはとろりとした蜜がしたたり落ちた。

――彼が欲しい。

そのためにどうすればいいのかはわかる。ただ、腰を落としていけばいい。

けれど、手を伸ばして彼自身に触れて支えるのはためらわれて、リーゼは膝立ちのままもじもじとしてしまった。ソファの上でそんな格好をしているのは、心もとないような気もする。

「……どうする？　ここでやめるか？」

「……やめ……ます……？　あぁっ！」

やめる気なんてさらさらないくせに、そんなことを言うから、リーゼも素直ではない反応をしてしまった。顔をそむけたリーゼに、眉を寄せて不満顔になったギルベルトは、リーゼの腰に手をかける。

「そうか、やめる方がよかったか……俺は、それじゃ不満だけどな」

逃げようとした時には遅かった。掴まれた腰がぐっと沈められる。下から一息に貫《つらぬ》かれて、リーゼは背中を弓なりにした。

「あっ……あっ、あっ……まだ……準備……っ」

まだ心の準備ができていなかったのに。けれど、激しく突き上げられれば、そんなことはどうでもよくなってしまった。

リーゼの両腕がギルベルトの背中に回る。吐息まじりにリーゼの方から口づければ彼は少し驚いた顔をしたけれど、器用にリーゼを揺さぶりながら髪を撫でてくれる。

身体中、彼に満たされているととても幸せで、いつまでもこうしていたいと――そう思ってしまった。リーゼが彼の側にいることを許されるのならずっと。

「ギ……、ギルベルト、様……んっ……好き……」

乱れる息に紛らわせて、そっと想いを吐き出す。ひときわ強く突き上げられたかと思ったら、ギルベルトはリーゼの耳に唇を寄せた。

「……俺は……愛してる」

思いがけない言葉にリーゼは目を見はる。それから、ぎゅっとしがみつくと同じ言葉を彼に返したのだった。

◇◆　◇◆　◇◆　◇◆

アドルフィーネの婚儀まであと一月《ひとつき》となった日のこと。リーゼはギルベルトに同行を求められた。

朝から馬車を走らせ、昼少し前に街道沿いに馬車を停める。

「……ここで何があるんですか？」

「すぐにわかる」

リーゼは馬車の窓にかけられたカーテンをまくって、そっと外の様子をうかがう。二人が乗っている馬車の周囲には、警護の兵士達もいてなんだか物々しい雰囲気だ。

「お待ちの者が、到着しました」

やがて、馬車の扉が叩かれた。ギルベルトが先に降り、リーゼも続く。街道に一台の馬車が停められていた。

馬車の窓にはカーテンがかけられていて、中の様子をうかがうことはできなかった。こちらにも警護の兵がついていて、中に乗っているのは誰なのだろうかと疑問に思う。

「――降りてこい」

ギルベルトの命令に、馬車のカーテンが揺れる。それから扉が開かれて、中から思いもかけない人物が姿を現した。

「オルデンブルク公爵……」

それは、アドルフィーネの暗殺を企んだ中心人物だった。馬車を降りた彼は、ギルベルトの前まで進むと膝をついた。

「……ご迷惑をおかけいたしました、陛下」

相変わらずの美声だが、最後に会った時より少しやつれたような気がする。とは言っても、最後に会ったのは、リーゼが椅子に縛り付けられていたあの時なのだが。

「……公爵、いや元公爵か」

ギルベルトの言葉にも、彼は膝をついたまま顔を上げようとはしなかった。

「国外追放では飽《あ》き足らないが……一応、寛大な君主を目指しているからな。国境を越えるまでは面倒を見てやる」

「……陛下のご温情、一生忘れはいたしません」

「お前に国内をうろつかれると何かと面倒だからだ。温情なんかじゃない」

ギルベルトの言葉に、元公爵はいっそう低く頭《こうべ》を垂《た》れる。しばらく黙って彼を見ていたギルベルトだったが、やがて踵《きびす》を返して歩き始めた。

「そうそう」

自分の馬車に戻りかけたギルベルトは、くるりと振り返ると思いもかけない言葉を口にした。

「お前の愛人――エリザベートだったか。彼女も国外追放だ。ついでだから、彼女も国境を越えたところまで送り届けておいた。国境を越えた後のことまでは俺は関知しない……二度とこの国に戻ってくるな」

「――陛下！」

「お前達の結婚に反対していたのは、父上だったと言うからな。俺は身分が違うと言うことを理由にはしたくない。俺は俺のやり方を貫いてやる」

それを最後に振り返りもせず、ギルベルトは自分の馬車に戻ってしまう。リーゼは慌てて後を追った。馬車に片足をかけてから振り返ってみると、元公爵はほとんどうずくまっているのではないかというくらい頭を垂れたまま、身動き一つしない。

「このためにわざわざここまで出かけてきたんですか？」

リーゼが座席に落ち着くなり、ギルベルトは馬車を出すように命じた。軽やかに走り始めた馬車の中、ギルベルトと向かい合う位置に座ったリーゼはギルベルトの行動を意外だと思った。

「……お前が、あの二人のことを心配していたからだ」

元伯爵夫人があの陰謀に加担したのは、若かりし頃に二人の仲を裂いた皇帝家への復讐の意味もあったという。元公爵への想いも当然後を押したのだろうけれど。元伯爵夫人とリーゼ。身分が違いすぎる相手を好きになってしまったという点では違いがない。

ギルベルトへの気持ちは本物だし、彼のためならどんな苦労だってするつもりではあるけれど――身分という高い高い壁を乗り越えるのが難しいことくらいわかっている。

彼女のとった行動は、正しいことだとは思わない。同じ立場に立たされたとしても、リーゼは絶対に彼女とは別の道を選ぶと断言できる。

——けれど。

愛した人との間にある壁が高いということを十分わかっているからこそ、彼女に同情してしまうのもまた否定できない。

「リーゼ。俺達は大丈夫だ——そんな不安そうな顔をするな」

ギルベルトが、向かいの席から手を伸ばす。頬に触れられたかと思ったら、向かい合った座席の間を越えさせられて、一息に彼の隣に移動させられていた。

「どうした？」

「何でもないです」

どうあがいても、この人にはかなわないなんて考えているのをギルベルトは気がついていないだろう。

それでも、彼の手にはまってしまうのも悪くない。今はそう思えるから……。

隣の席に移動させられたのをいいことに、リーゼは彼の肩に頭を預けたのだった。

◇◆　◇◆　◇◆　◇◆

どんな手を使ってでも、とギルベルトが口にしていたのは伊達《だて》ではなかったようだ。

「結婚前にお兄様の婚約が成立するところを見たかったのよね」

というアドルフィーネ皇女の意見が影響を与えたのかどうかは別として。

アドルフィーネが隣国に向けて出立する二週間前になって皇帝ギルベルトと、リーゼ・フロイデンベルクの婚約が発表された。

むろん、下級貴族の娘が栄《は》えある皇妃の地位につくなどという暴挙がすんなりと通るはずもない。反対する貴族達を黙らせたのは、リープシュタイン侯爵の存在だった。

リープシュタイン侯爵がギルベルトの居間に招かれたのは、ギルベルトとリーゼの婚約が発表されたその当日のことだった。

ギルベルトの居間にはリーゼとギルベルトが並んで座り、その対面に侯爵、それに護衛から側仕《そばづか》えまで何でもやらされるハロルドが壁際に控えている。

「まさか叔母の孫娘がこんなところにいるとは思いませんでしたよ」

何十年も前に行方不明となっていたリープシュタイン侯爵家の令嬢。それがリーゼの祖母だと言うのだから驚かされてしまう。どうりで侯爵の顔に見覚えがあるはずだ。ロケットの中の老人はいかめしい表情をしていて、侯爵の方はにこにこしていたからまったく気がつかなかった。

侯爵の家に伝わっている話からすると、どうやらリーゼの祖母は身分違いの相手と恋に落ちてしまったために駆け落ちしたということのようだ。

リーゼがお守り代わりにしていたロケットの中の肖像画は、祖母の両親、リーゼからすると曾祖父母にあたる人達の姿を描いたものなのだそうだ。

追っ手を恐れてか、祖父母はかなり長い間国外で暮らしていたために、侯爵家では二人を見つけ出すことができなかった。失われた親戚が見つかった今、リーゼの後ろ盾になることになんのためらいもないと侯爵は力強く断言してくれた。

「私が後ろ盾になるが、これから君の進む道はとても大変なのは理解しているのだろうね？」

「……大変だとは思いますけど、でも、乗り越えなければいけないなら何とかやってみます」

この大国の皇妃になろうというのだ。周囲がリーゼに向ける目は温かいものばかりではないし、道のりが険《けわ》しいことくらいわかっている。

あの舞踏会で侯爵の遠縁の娘として貴族達の前に出されたのは、侯爵の親戚であるという事実を印象づけるためだったらしい。たしかに侯爵家の親戚なら、下級貴族の娘より風当たりは弱まりそうだ。

「少々とろいが、気だては悪くない。何より根性があるのがいい——そのせいで危険に巻き込まれるのは困るがな」

たぶん、ギルベルトはリーゼを誉めてくれているのだろう。

皇妃になろうというのなら、性根が座ってなければつとまらないのもまた事実。

それだけの根性があるのかどうかリーゼ本人はよくわかっていないけれど――でも、ギルベルトが側にいてくれるのならたいていのことは乗り越えられそうな気がする。

けれど、一点だけ引っかかるところがあった。

「……とろいって！」

「財布をすられたのに気がつかないのは、誰だろうな？」

「あ……あれは！　あれが最初だし、最後の予定だし！」

初めて出会った時のことを口にされるとリーゼの分が悪いのだ。スリに遭うなんて、注意力散漫《さんまん》だと言われてもしかたない。

どうにか話題を変えようとリーゼが必死に頭を巡らせていると、部屋の隅に控えている
ハロルドが遠慮なく口を挟んだ。

「……私は休暇を頂きたいものですね、陛下。超過労働もいいところです」

ここしばらくの間、たしかにハロルドは気の休まる暇さえなかっただろう。

皇女の暗殺計画犯探しに、陰ながらのリーゼの護衛。おまけに、リーゼを皇妃の地位につけるために必要な後ろ盾を探すことまで通常の仕事に追加されていたのだから。

後ろ盾探しは、リーゼのロケットに刻まれていた紋章にギルベルトが気づいたことから、決着がついた。

リーゼの後ろ盾になるようリープシュタイン侯爵を説得するのはギルベルトがやったと

いうが、侯爵を探し当てる役はハロルドに負わされたらしい。

あとからあとから「実はあれもハロルドがやっていました」という話が出てくるのだから、どれだけ仕事が増えていたのかと考えると恐ろしくなる。

「……侯爵の血縁者だったから、よかったと思いますけど……そうじゃなかったら、どうするつもりだったんですか？」

そうリーゼに問われ、ギルベルトは何でもないことのように肩をすくめてみせた。

「古来《こらい》、権力者の元に差し出すために美しい娘を引き取る例はいくらでもあっただろう……後は、言わなくてもわかるよな」

リーゼの意志を確認する前にそこまでよく考えていられるものだ。断る可能性がまったくないことも含めてお見通しなのだろうけれど、面白くないと言えば面白くない。

「……存在すら知らなかった従兄弟《いとこ》に会う機会をいただいたのですから……会う日が今からとても楽しみですよ」

リーゼの機嫌が悪くなりかけたのを察知した侯爵が素早く口を挟む。リーゼは瞬きをして、小さく笑った。ギルベルトだけではなくて、侯爵にもかないそうもない。

「……休暇はいただきますからね！　私を過労死させたくなかったら、婚儀の前に長期休暇をいただかなければ」

「安心しろ、ハロルド。婚儀は早くても一年後だ。リーゼが皇妃として認めてもらうにはそのくらいの時間は必要だろう……少しゆっくり休むといい」

「本当にお休みをいただければいいんですけどね」

ハロルドがため息をつく。きっと、休めそうもないと思っているのだろう――彼の予感が当たるであろうことをリーゼもまた確信していた。

エピローグ

私服でリーゼが歩いていると、あちら側から濃茶のお仕着せに身を包んだクララがやってくる。

「お出かけですか？」

「……ええ、まあね」

苦笑いでリーゼは肩をすくめた。正確に言うと、ギルベルトの『お忍び』の付き合いなのだ。アドルフィーネが嫁いでいった後、宮中は一応の平和を取り戻し、ギルベルトの『視察』が再び始まったのだ。

今や皇帝の婚約者となったリーゼには、皇妃宮が与えられて、そこで皇妃となるための勉強に日々追われている。ギルベルトの『お忍び』に付き合う時だけは、休みが与えられるけれど、それ以外の日は朝から晩までみっちりと授業が詰め込まれている。

「皇妃候補も、大変ね……同情しちゃうわ」

昔の口調に戻ったクララが、心底同情したという目をリーゼに向ける。

リーゼの元同僚達は皇女が嫁いだ後それぞれの道へと進んでいき、城に残ることを選んだクララは、皇帝宮へと配属が変更された。

侍従の一人が彼女に興味を示しているとも聞くが、「夫婦で陛下にお仕えするなんて、家庭生活が破綻《はたん》するのが目に見えるから絶対に嫌！」と抵抗しているらしい。

きっとその抵抗も長続きしないのだろう、とリーゼは睨んでいるけれど。

以前リーゼを罵《ののし》った件については詫びてくれたし、リーゼも……人に話してかまわない範囲でギルベルトとの間にあったことをクララに話したことから、わだかまりは解けつつある。

「それでは、お気をつけて」

ギルベルトの『お忍び』については、クララも知っている。新しく開店した菓子屋の情報を素早くリーゼの耳に入れて、彼女は自分の仕事へと戻っていった。

リーゼは城の裏門の所に立って、ギルベルトがやってくるのを待つ。こうしていると、彼の本名を知らなかった頃に戻ったみたいでわくわくする。

「夕方にはお戻りくださいね」

「わかっているから、あまりうるさく言うな」

しばらく待っていると、似たような格好に身を包んだギルベルトとハロルドが、リーゼの方へと近寄ってきた。

「……行くぞ。……財布は無事だろうな」

「まだ、お城の外に出ていません！」

いきなり財布のことをからかわれて、リーゼは不機嫌になった。きっと、財布の件については一生からかわれるのだろう。最初の出会いがあれだから、しかたがないといえばないのかもしれないけれど。

「ハロルド、後は頼んだ」

「……かしこまりました」

相変わらずハロルドの仕事量は膨大なものだけれど、彼が護衛してくれるのなら安心だ。迷惑かけてごめんなさい、とハロルドに目線で詫びて、リーゼはギルベルトに寄り添った。

「……『ハロルド』、今日はどこに連れて行ってくれるの？」

「今日は、東の市場にするか」

ギルベルト——ではなく、『ハロルド』になった彼が手を差し出す。リーゼは微笑んで、その手をぎゅっと握りしめたのだった。

END

あとがき

「お忍び陛下の専属侍女」をお手に取ってくださってありがとうございました。宇《う》佐《さ》川《がわ》ゆかりです。こうしてまたお目にかかることができてとても嬉しく思っています。

この作品については、「大事件を起こしましょう！」という担当編集者様のアドバイスにより、「皇女暗殺未遂事件をヒーローとヒロインが協力して追う」という基本ラインができました。実際にリーゼと協力して動き回っていたのはハロルドな気がしてなりませんが、皇帝が政務をほったらかしにするわけにもいかないからしかたないですね。

当初、ギルベルトとリーゼは顔見知りの予定だったのですが、これまた担当編集者様のアドバイスにより、「物語冒頭で出会う」という形に変更になりました。お忍びで街に出ていた「陛下」と出会うというのはこの過程で生まれたものです。

リーゼはなるべく「可愛い」を意識して書いたのですが、どうでしょうか。仲間の侍女達と部屋でおしゃべりしているシーンは楽しそうに書けたのではないかなと思います。あと、デートのシーンは書いてすごく楽しかったです。外で食べるご飯はおいしいですよね。

今まではわりとヒロインのペースに合わせるヒーローを書いてきたので、今回のギルベルトは新鮮だった反面、彼の性格にこっちがなじむまで苦戦してしまいました。ハロルド一人だけを護衛にしょっちゅうお城を抜け出しているだけあって、作者の敷いたレールはまるっと無視です。そこの軌道修正には、ハロルドが実にいい仕事をしてくれました。

きっと、留守中ギルベルトの不在を悟られないようにする裏工作も、ハロルドが任されていたんでしょうね……！　そう考えると、ハロルド有能すぎますね。

ギルベルトは我が道を行きまくるわ、リーゼはそれに振り回されるわで、私も大変だったのですが、一番大変だったのは、ハロルドな気がするんですよね！

何かあった時のために身分をギルベルトに貸さざるを得ないし、お忍び中の護衛は押しつけられるし、余計な仕事はどんどん増やされるし。

ギルベルトは、ハロルドに仕事を押しつけ過ぎですね、間違いなく。ハロルドが長期休暇を取れる日は、永遠に来ないのかもしれません……！

アドルフィーネについてはもうちょっと出してあげたかったのですが、物語の進行上どうしても無理でした。なんでヨハネスに引っかかったのかなあというのが、私もとても疑問なのですが。クラウスとはだいぶ年が離れているので、最初のうちはぎくしゃくしそうな予感もしますが、最終的には丸くおさまるはずです。いつか、彼女のお話も書くことができればいいなと思っています。というか、書きたいです。

兄同様我が道を一直線な子なので、結婚相手の方はものすごく大変になる気もしますけれども(笑)。

今回、イラストはあしか望様に担当していただきました。現時点でカバーイラストを頂いているのですが、ノートパソコンの前で小躍《こおど》りしたぐらい素敵です。

あぁもううっとり……！　ギルベルトとリーゼのラフを頂いた時も大興奮だったのですが、別の日に他の三人のラフを頂いた時も大騒ぎでした。

担当編集者様との電話の最中、「ハロルドが素敵すぎるんですよー！　想定していたより素敵すぎますー！　素敵すぎてどうしましょう、もう少し地味な方が……！」と、携帯片手に、家中ぐるぐる歩き回りながら熱く語ったのもいい思い出です。最終的にハロルドは頂いた通りのデザインになったのですが、やっぱり素敵だと思います。

最後になりましたがここまでお付き合いくださった読者の皆様、ありがとうございました。ここまで楽しんでいただけたなら嬉しいです。

最近、ちょこちょこお仕事させていただいてまして、わりと真面目にブログの方も更新していますので、よかったらのぞきに来てください。

この後書きを書いている段階で、ブログに何か小話とか載せられたらなーと思っているのですが、果たして発売日に間に合うかどうか。

間に合わなくても、今後はブログにもうちょっといろいろ書きたいなと思ってます。一か月に一回の更新ってあんまりだと思うんですよね。怠《なま》け者なので、ものすごく頑張らないとパソコンの前に座る気にはならないんですけれど。

ご意見、ご感想等お寄せいただけたら嬉しいです。それでは、またいつの日かお会いできますように。

ブログ　迷宮金魚　http://goldfishlabyrinth.blog.fc2.com/

宇佐川ゆかり

マリーローズ文庫をお買い上げいただき、ありがとうございます。この本を読んでのご意見・ご感想・ファンレターをお待ちしております。

☆あて先☆
〒113-0033　東京都文京区本郷3-40-11
コスミック出版　マリーローズ編集部
「宇佐川ゆかり先生」「あしか望先生」
または「感想」「お問い合わせ」係

お忍《しの》び陛下《へいか》の専属侍女《せんぞくじじょ》

【著者】　宇佐川《うさがわ》ゆかり
【発行人】　杉原葉子
【発行】　株式会社コスミック出版
〒154-0002　東京都世田谷区下馬 6-15-4
【お問い合わせ】　- 営業部 -　TEL 03(5432)7084　FAX 03(5432)7088
- 編集部 -　TEL 03(5432)7086　FAX 03(5432)7090
【ホームページ】　http://www.cosmicpub.com/
【振替口座】　00110-8-611382
【印刷／製本】　中央精版印刷株式会社

乱丁・落丁本は、小社へ直接お送り下さい。郵送料小社負担にてお取り替え致します。
定価はカバーに表示してあります。